WEI YUEDU

微阅读
1+1工程

1+1 GONGCHENG 第七辑

行走的房子

陈柳金

百花洲文艺出版社
BAIHUAZHOU LITERATURE AND ART PRESS

图书在版编目（CIP）数据

行走的房子／陈柳金著．—南昌：百花洲文艺出
版社，2014.9（2018.12 重印）
（微阅读 1＋1 工程）
ISBN 978－7－5500－1055－0

Ⅰ.①行… Ⅱ.①陈… Ⅲ.①小小说—小说集—中国
—当代 Ⅳ.①I247.8

中国版本图书馆 CIP 数据核字（2014）第 195359 号

行走的房子

陈柳金　著

出　版　人：姚雪雪
组稿编辑：陈永林
责任编辑：张　越
出　　　版：百花洲文艺出版社
发行单位：全国新华书店
印　　　刷：龙口市新华林文化发展有限公司
开　　　本：700mm×960mm　1/16
印　　　张：12
版　　　次：2015 年 3 月第 1 版
印　　　次：2018 年 12 月第 3 次印刷
字　　　数：128 千字
书　　　号：ISBN 978－7－5500－1055－0
定　　　价：29.80 元

赣版权登字：05－2015－15
邮购联系：0791－86895108
网址:http://www.bhzwy.com
图书若有印装错误，影响阅读，可向承印厂联系调换。

前　言

　　以"极短的篇幅包容极大的思想"，才能够以小胜大，经过读者的阅读，碰撞出思想的火花，震撼人的心灵。正因为这样，微型小说成为一种充满了幽默智慧、充满了空灵巧妙的独特文体。

　　如果说在二十一世纪的头一个十年，是互联网大大改变了我们的生活，那么在我们正在经历的第二个十年里，手机将更为巨大地改变我们的生活。如今，以智能手机为平台，正在构成一个巨大的阅读平台。一种新的阅读方式正不知不觉地走进大众的生活。一个新的名词就此产生，它便是"微阅读"。微阅读，是一种借短消息、网络和短文体生存的阅读方式。微阅读是阅读领域的快餐，口袋书、手机报、微博，都代表微阅读。等车时，习惯拿出手机看新闻；走路时，喜欢戴上耳机"听"小说；陪人逛街，看电子书打发等待的时间。如果有这些行为，那说明你已在不知不觉中成为"微阅读"的忠实执行者了。让我们对微型小说前景充满信心和期待的是，微型小说在微阅读的浪潮中担当着极为重要的"源头活水"。

肩负着繁荣中国微型小说创作、促进这一文体进一步健康发展的责任和使命，微型小说选刊杂志社推出了"微阅读1+1工程"系列丛书。这套书由一百个当代中国微型小说作家的个人自选集组成，是微型小说选刊杂志社的一项以"打造文体，推出作家，奉献精品"为目的的微型小说重点工程。相信这套书的出版，对于促进微型小说文体的进一步推广和传播，对于激励微型小说作家的创作热情，对于微型小说这一文体与新媒体的进一步结合，将有着极为重要的作用和意义。

编者

2014 年 9 月

目 录

行走的房子

雨说来就来，敲得头麻麻疼，他只得猫着身子钻进"房子"。刘惠怨恨地说，这鬼天气，饭没法做了，吃泡面吧！他懒得答理，又抽起一根劣质烟，吧嗒一口，烟就占据了这个四平方米不到的家。

抽，抽，抽，抽不死啊你，想把俺娘俩一起呛死？玻璃推开一条缝，她深深透了口气，冰冷的雨点斜打过来。

她缩了缩身子骨，赶紧揭开盖，泡面冒着热气，生生地撂倒了劣质烟味。嘴巴一阵风卷残云后，她摸着圆鼓鼓的肚子，宝贝，趁热吃两口吧！

男人还是听出了话外音，把烟丢出去，火星很快就灭了。

雨越下越大，敲打在头顶的雨声，让他想起了炒黄豆。对，就是这种声音。泡面刚送进胃里，他就迷迷糊糊睡着了。

噼噼啪啪，噼噼啪啪，梦里全是炒黄豆的声音。嘭的一声，门关上了，他醒了。刘惠撑开雨伞，在门前蹲下，褪下裤子为路面的雨水加进了一泡"色拉油"，男人推开一线玻璃，一股泡面味夹杂着尿臊味熏来。

很奇怪，他的阳物勃了起来，推开门去扶刘惠。吃力地抱起她，头先进，身子斜靠，屁股挨着了座，最后把脚摆正。他接过伞，打开前门，猫着身靠上了座，隔一层裤轻揉那家伙，很有点隔靴搔痒的滋味。要不是媳妇儿有身孕，他说要，她敢说半个不字？现在，只能听炒黄豆的声音了，噼噼啪啪，噼噼啪啪……

再次醒来，天已亮了，雨也停了。刘惠已在路边生火做饭。蜷缩了一夜，浑身酸软，他走下来伸了个懒腰。冷不丁看到车身上爬着很多蜗牛，快逼近了车顶，车身拖着一条条长长的纹路。它们拼尽力气爬，眼看就要修成正果了，太阳却放射出刺眼的光，愈加毒辣。他同病相怜地说，你是蜗牛，我是牛勤，咱都有一个牛字，整天牛哄哄地干，到头来你住一个仅能容身的小房子，俺比你还惨，跟着媳妇儿窝在小四轮里。

刘惠说，发神经啊，自个跟自个喃喃，开饭！

他盛了一碗粥，就着榨菜吞咽着，腰间的手机响了，接听。忽然扔下碗，说，来生意了，赶紧走！

还让人活不，比催命鬼还急。刘惠生了怨气，但嘴巴还是加快了速度。

挂着"专业补漏"招牌的小四轮已开出，刘惠才想起那个煲忘在了墙根下，叫牛勤掉头回去。煲值几个钱？等做了这单生意，买十个煲的钱都有了。在生意上，牛勤是从不顺着媳妇的，顾客就是上帝，上帝一发怒，叫你吃不了兜着走！

在一个花园小区的顶层，牛勤夫妇配合默契，把天花渗水问题处理得严丝合缝。主人给报酬时，客厅里电视声音很大，屏幕上闪现"蜗居"两字。脚杆在那，刘惠扯了扯他的衣角，他才挪动脚步。

钻进小四轮，他拧开了那台俩巴掌大的黑白电视，正播放着电视剧《蜗居》。他说，这电视是专为俺们拍的，俺们都在车里蜗居五年了！

刘惠气不打一处来，窝囊，这辈子都得跟你在车里蜗居下去了！

牛勤愤愤地说，赶明儿买彩票中个1000万，俺到上海给你买套大房，俺就成了宋思明，你就是海藻。

刘惠嗤了一声，就吹吧你。

回到那墙根处，煲不知被哪个狗日的踢翻，倒扣在污浊的下水道里。刘惠一阵呕吐，把酸水都呕了出来。牛勤拉她就奔附近的小饭店，美美地撮了一顿。

当35集的《蜗居》播完时，刘惠为他生了个"茶壶嘴"，牛勤为他起了个名字——牛思明！他对刘惠说，俺家思明要像宋思明一样牛，再不能像俺们一样连个瓦片都没。

话虽这样说，但现实中的牛思明处境很惨，成天窝在小四轮里，哭得不行。天放晴时像个太阳能，把人家不要的热量都吸了进来。下雨时像个铁锅，噼噼啪啪炒着黄豆。路边噪音更甚，还在褓褓中的牛思明就得学会闹中取静。

为了思明美好的明天，牛勤干得很欢。但生意不是天天有，总是三天打鱼两天晒网，他心里就堵得慌。

一晚，小思明好不容易睡着了，牛勤很想跟媳妇来那个儿。以前做那事时，小四轮也会跟着一起一伏，好像兴奋的不是他们，而是小四轮。

这次，他们还没起伏，小四轮就剧烈起伏了，真是奇怪。过一会儿，很多人聚拢到街上。他们傻了眼，赶紧穿衣服。

走下车，原来刚才发生了地震，周围的高楼全在震颤，人们大呼小叫拼了命往街上跑。

这些天，牛勤的手机响爆了，不是楼顶渗水，就是天花板、墙体裂缝，哪怕有五十个牛勤都忙不过来。

牛勤比牛还累，"房子"一天一个地点地变换，挣的钱也直线上升。但即使这样马不停蹄地忙上一年，在这个城市连个卫生间也买不到。

又一年过去，买房的梦还远在天边。他从一位跑运输的老板那里买了一辆报废大巴，开到一楼盘荒废着的开发地。一家三口搬进《新居》，一下子就宽敞了许多。

好奇的牛思明去玩方向盘，玩着玩着，看到玻璃外爬着一个东西，就嚷着要玩那个。

牛勤说，那是蜗牛，身上驮着个小房子，你这辈子都不能玩儿！

奥林匹克马

　　精瘦的马飞轮走起路来像一阵风。有人笑他，长跑冠军吃错药闯出了奥林匹克。他不想做长跑冠军，甚至以为奥林匹克是一匹马，蒙古人就喜欢给马起个不洋不土的名字，听着费脑筋。就像这奥林匹克，肯定是一匹蒙古的好马，要不大伙怎么老是说奥林匹克速度。

　　马飞轮做梦都想骑马，他属马，姓马，爱马，生性如马。要是能骑奥林匹克，让他死一百回都愿意。

　　但他连真马都没看过，倒是在床席底下藏着一本画满马的挂历，晚间躺在床上，他就有一种骑马的快感———驾、驾、驾，呀！

　　他很喜欢现在的工作，老板给他配了辆赤兔马摩托，虽然已过报废期，但毕竟是一匹马，还是赤兔马。把煤气罐往后座上一绑，开关一启，油门一加，挡位一踩，马飞轮一声"驾"，"赤兔马"就飞了起来，还真有点像奥林匹克！

　　他干得很欢，把煤气罐送到每一家，换回一个个空罐子和一沓沓钞票。在他看来，钱和煤气罐之间，他更喜欢后一个，因为有了煤气罐，他就有"赤兔马"，有了"赤兔马"，他就感觉自己是吕布或关羽。

　　这年头，说失业就失业，老板连招呼都懒得打，这滋味马飞轮尝过几次。这次他特别珍惜，他爱"赤兔马"，也爱炸弹似的煤气罐。

　　当他把空罐子从"马"上卸下来，老板总是递给他一根烟，拍着他的肩膀说，小伙子，像一匹马！

　　他就觉得自己的双腿飞扬起来，连口气也不歇又跨上"赤兔马"疾驰而去。

　　但这一次回来时，他如丧考妣，把一张通知书递给老板，说，要禁摩了，以后……

老板一看，递给他一根烟，以后照骑，你是一匹马！

马飞轮得到许可，双腿又有劲了，跨上"赤兔马"风驰电掣。

但看到街上的禁摩标语时，心里有点发憷，总是睁大眼看有没有大盖帽上路。如果远远看到，他就赶紧驾马180度转体闪进旁边的巷子，他的转体驾驶技术因此非常娴熟。

这一次，他出去兜风。用侦察员锐利的眼睛扫描后，没有发现敌情，便很快融入车流，仿佛进了赛马场。"赤兔马"发出挑战的鸣声，把那些笨重的家伙全抛在身后。

冷不丁发现一匹桀骜的"马"，箭似的飞到他身边，坐骑上那家伙戴着头盔，大热天的，焖不熟还熏不臭？马飞轮乜斜他一眼，猛地一加油门，"赤兔马"又把他落下一大截。

忽然红灯亮起，马飞轮只得遏住"马"，乖乖地站在斑马线上。虽然现在都讲奥林匹克速度，但安全意识他还是有的，速度永远比不上生命重要。

他背后的那匹"马"也接到主人的指令，停在马路另一端喘着粗气。

这时，背后的车流汹涌而来，到了斑马线全都勒住了缰绳，像一群重新整装待发的战马。

马路那一端，紧挨着头盔男的一辆车里，一个人摇下玻璃吐了口痰，一只手拿着手机大声说话，另一只手提着公文包。就在玻璃快要闭合的刹那，头盔男迅速夺过公文包跨"马"而飞。

车里那人大喊抓贼，但绿灯还没亮，前面车流滚滚，谁也不敢冒这个险。

马飞轮一声响亮的"驾"，"赤兔马"如离弦之箭向前冲刺。快追上时，头盔男一个转身，想闪进一条小巷。马飞轮来了个180度急转弯，抢先一步冲到巷口。头盔男进退两难，扔下"马"就跑，马飞轮跳下"赤兔马"，以奥林匹克速度追擒。

被抢公文包那人赶到时，头盔男已被牢牢擒住了。一辆警车很快赶来，头盔男和两辆摩托车被推上车。

马飞轮大嚷，那是我的"赤兔马"！

警察说，你不知道禁摩了吗，摩托车全部没收！

无论他怎么恳求，"赤兔马"还是被拉走了，马飞轮流下了浑浊的泪。

被抢公文包那人走过来，说，你还想骑摩托车？你到我们治安联防队上班，每天都可以骑！

马飞轮不相信，说，我要骑我的"赤兔马"！

那人说，你的"赤兔马"报废了，我送你一匹千里马。

马飞轮说，我不要千里马，我要奥林匹克马！

那人说，中！

马飞轮被那人带到治安联防队，订了合同，按了手印，就算是吃皇粮的人了。他觉得要回去跟原来的老板打个招呼，便穿着制服骑着"马"往煤气站赶。

老板递给他一根烟，用力拍着他的肩膀说，你真像一匹"赤兔马"！

马飞轮搔着头皮说，不，我是蒙古的奥林匹克马！

 # 听过苏小小吗

梳一头 70 年代的八字开发型，戴一副滚圆的民国式老水晶眼镜，穿一件墨绿色对襟唐装。复古主义者牧云手摇一把仿古折叠纸扇，公子王孙一样踱进"怡然茶馆"。

元本初，字牧云，号怀元堂主。父母生一肉体凡胎，自诩为远古名儒转世，不为红尘声色犬马所动，沉醉于青灯黄卷之间。话腔极力抵制"屌丝、高富帅、正能量、元芳体、鸭梨山大"等流行语，上街宁愿"安步当车"也不坐屁股冒黑烟的公交车。步履轻飘，纸扇轻摇，如此古风习习地入了茶馆门。

老板，欢迎光临！一身穿仿古服饰的女子半躬着腰，一只手贴背，一只手微微前伸。

错错错，对对对，前半句错，后半句对。你看鄙人像老板吗？老板有鄙人的风度吗？牧云酸了吧唧地纠正道。

女子一怔，马上改口，先生，喝点什么茶？

西湖龙井！

女子把他带到西湖雅间。一幅李嵩的《西湖图》悬于壁上，牧云心情大悦。忽扭头说，没有虎跑泉，就用天然矿泉水吧，不需煮开，85 度便可。

好的，先生请稍坐。牧云并没有坐，而是轻移方步边摇扇边点头，仿佛要走进画里去。

电水壶嗞嗞响，快发出煮开的咕噜声时，牧云忽地从画里走了出来，生怕水烧得过热，只见那女子已提壶泡茶，玉藕高悬——白鹤沐浴——观音入宫——高山流水——凤凰点头——关公巡城——韩信点兵，乘着

牧云想象的翅膀，一场精彩的茶艺把他送上了瑶池仙境。耳畔徐徐响起旷远幽深的古典音乐，他深情地瞥了她一眼，竟忘了摇扇，汗珠从额上叭地掉落茶杯里。

其实一进雅间，女子就开了空调，被牧云优雅地制止了，说空调风，哪有纸扇风清凉，既喝龙井茶，便享自然风！

女子便顺了他，我正好有点感冒，不吹更好。时值流火七月，女子浑身焦热，香汗滑落。牧云轻轻入了座，摇扇的手加大了风力，女子秀发飘拂，投来嫣然一笑，牧云早已魂不守舍。

女子玉手前伸，先生，请品茶！牧云轻啜一口，唇齿甘香，感叹道，此茶只应天上有，人间难得几回闻！那女子笑了，先生，茶是用来品，不是用来闻的。牧云却道，闻已醉，品后还不要了人命？

女子笑得紧抚肚子，问，先生为什么偏偏喜欢喝西湖龙井？牧云说，听过苏小小吗，喝龙井，小小就会来到我眼前。女子说，那今天她来了吗？牧云又轻啜了一口，也许来了，也许永远都不会来……

牧云三十挂五了，还孤身一人。按说条件也不错，白领一个，收入不菲。之前谈了无数次恋爱，都是因为太迷恋书上的苏小小，被她冰清玉洁、坚贞不渝的爱情故事所打动，茶饭不思，夜不成寐。常慨叹当今的情场是泥潭，小小的爱情是莲池。当今的情场长出的是残荷败柳，小小的爱情结出的是碧蕊清莲。

哪怕与女友初次见面，他也是一身复古装束，这不打紧。最要命的是末了总要逮上个机会问，听说过苏小小吗？女友往往瞠目结舌，有一个很讽刺地套用了一句流行语——元芳，这种人，你怎么看？就这样，谈一个，散一个。后来索性不谈了，说连苏小小都没听说过的女人，不配做牧云夫人，元家要有古代元好问"海枯石烂两鸳鸯，只合双飞便双死"的爱情价值观。抽身情场，他倒落得个"白茫茫大地真清净"，一有空闲便去泡茶馆。按他的观点——泡夜店，那是出卖情感；泡桑拿，那是出卖肉体；泡酒吧，那是出卖肠胃；泡星巴克，那是出卖味觉。唯有泡茶馆，才吻合我怀元堂主的复古主义者风格。

一进茶馆，他必点西湖龙井。一喝龙井，苏小小就会从南齐时的西湖飘来眼前。就像现在一样，他品着龙井，便把这女子当成了苏小小。

他摘下鼻梁上的民国式老水晶眼镜，拉过她的手，说，小小啊，我对你朝思暮想，为你肝肠寸断，牧云有一肚子的话要与你说……

拉了很多次手之后，他把茶馆女子拉进了洞房。按牧云酝酿多年的结婚方案，他们到西湖旅游结婚，住在湖畔旅馆。时逢严冬，那晚他依然穿着对襟唐装，她一身仿古服饰，她玉手纤纤地泡了壶西湖龙井，他轻啜一口，又轻啜一口，忽拉过她的手，小小啊……

她憋了很久，终于暴发了——到现在还念着那货，苏小小是谁，谁是苏小小？

牧云受到了致命打击，一个人跑去酒吧喝了个稀巴烂醉，甩着罗圈腿到了西泠桥畔的苏小小墓前，抚碑大哭，小小啊，天下……没人……懂你，只有我……我牧云……

睁开眼，天微曦，牧云睡在了小小墓前，眼前银装素裹。昨晚下了一场雪，冰封了西湖，冰封了一段现代版的古典爱情……

裸婚时代

　　一双鹰隼似的眼睛，藏匿在阳春三月城市街头的美人蕉丛中，卡尔蔡司镜头的十字框移过来又移过去，定格在一个个低胸、短裙、露肩、丰乳、肥臀上。第二天，陈棒棒供职的那家网站就会隆重推出"美女与春天有个约会"专题影集，创下一年中最高的点击量。因为，市民爱网络更爱美人。

　　棒棒成了众人眼里的采花大盗，他很苦恼。这世界究竟怎么了，把裸露当成了审美的代名词！就连从事婚礼策划的女朋友，也走上了"裸露路线"，她要棒棒协助摄影。

　　婚礼上，当司仪的女朋友总是激情四射地说，人赤条条来到世上，像一块未雕琢的璞玉，透着纯朴、圣洁的大美。上帝告诉我们，只有赤裸裸的爱情，才是最可靠的。请问癞蛤蟆先生，你愿意赤条条地陪伴你老婆，一心一愿过此生吗？回答是"我愿意！"请问白天鹅小姐，你愿意赤条条地陪伴你老公，一心一愿过此生吗？回答是"我愿意！"

　　台下掌声山响，司仪继续撺掇，男女双方褪去婚服，保守的留片遮羞布，大胆的一丝不挂。台下一阵狂风骤雨，"裸婚"热化成赚尽眼球的时尚。

　　这对崇尚艺术摄影的棒棒来说，简直就是亵渎。面对酒池肉林，早已麻木了神经，很久很久找不到艺术创作的灵感。

　　又是草长莺飞的三月，奉公司之命，他揣上卡尔蔡司镜头上街搜寻猎物。一个个美女进入十字框，定格成庸俗两字。当一个个淡黄色厂服出现在镜头时，他眼睛一亮。甩着马尾辫、走着小碎步，轻盈如春风，欢快如燕子。其中一个黄制服不经意地转过头清纯一笑，咔嚓！棒棒按下了快门。

这是几年来最满意的一幅作品，他起了个标题——回眸一笑。这个眼神，让他想起了《山楂树之恋》里的静秋。她跟老三一前一后走过那片金灿灿的油菜花地，静秋也是这样无邪地回眸一笑，牢实地摄住了无数观众的魂。

陈棒棒一整夜对着这个眼神发呆。城市女人形形色色的眼神里，藏着一支支利箭，一不小心就会被击伤。比如搞婚礼策划的女朋友，才认识几个月，昨天竟突兀地说，帮人家策划了那么多婚礼，下个月策划一场属于我们的裸婚吧！他惊讶道，下个月？太快了，我可不想当闪婚一族！女朋友戳着他的脑门说，真是OUT！

他承认自己对潮和萌有一种本能的抵抗，以致这个夜晚为一个眼神而失眠。翌晨，他又揣上卡尔蔡司镜头藏到了美人蕉丛中。今天，他不为丰乳美臀，只为那群淡黄厂服的纯朴。

果然，她们又燕子一样飞入他的十字框。只是，那个期待已久的眼神没有捕捉到。他尾随她们穿过十字路口，走进一条窄巷，闪入一个电子厂对面的早餐店。

他跟了进去，早餐店就成了他跟那个清纯厂妹的情感初地。几乎每天，他都会请她吃早餐，她不爱吃牛奶、三明治、寿司、过桥米线，通常就吃一小碗拌着油菜花的小米粥。

她说，我是农民，吃惯了油菜花粥，一天不吃心里就痒！

他说，你家准有大片油菜花地，带我去看看，我想租种一百年！

这个叫黄秀琼的厂妹嘴里说行，心里却在掰胳膊，她要打工挣钱给母亲治病，没有兴趣为玩笑话兜恁大一个圈。

但是，黄秀琼注定是要绕这个圈的。电子厂毫无征兆地倒闭了，她一脸沮丧地收拾行李。门敲开了，递进来两张火车票，我跟你回陕西，去看美丽的油菜花！

在卡尔蔡司十字框里，一大片一大片油菜花盛开着村庄的春天。这黄，不是城里餐桌上的蟹黄，不是女人手上戒指的金黄，也不是七彩霓虹灯里的艳黄，而是土地和谷物朴实的暖黄。

他们沿着油菜花地的泥路，走进一座土坯房。

墙上镜框里镶着一张黑白老照片，一个男人驾着牛拉车穿过一大片油菜花地，车上坐着一个扎红头巾的女人，她回眸一笑，笑得那么清纯，一下子抓住了棒棒的心。

秀琼爹和陈棒棒干了一杯高粱酒，说，这是俺跟秀琼她娘结婚那天拍的，没有鞭炮声，没有唢呐声，俺高唱一支土哩吧唧的信天游，后面一群鸟扑棱扑棱飞过，秀琼她娘转过脸去，刚好被路过的摄影师傅抓拍到了。

他又咕噜了一口酒。那个年代，比不得现在你们城里人，结婚像演电影，几十辆车开路，还请电视台、戏班子的，比过大年还热闹。但俺愣是不明白，怎么恁多人年头结婚年尾就闹离婚！

三十多年了，日子虽冷清了点，但俺跟秀琼她娘好着哩！这些年她犯着病，俺还是把她当新娘，每天有叨念不完的话。

如果《山楂树之恋》里的老三能活下来，应该就到了秀琼爹这个年纪，两个男人有太多的相似之处……沉醉在那个充满真情和艺术的黄金年代的陈棒棒，被短信提示音拉了回来：这几天怎么不见你？正在策划我们的婚礼，我要打造一场轰动世界的裸婚，申报吉尼斯世界纪录！

他冷笑一声，把短信删了，从相机里拷来一张图片发了过去：秀琼走过一片金黄的油菜花，甩着马尾辫回眸一笑，像极了清纯的静秋。还发去一条短信：你知道什么叫美吗？

 # 呼啸城邦

一粒尘埃改变了一个人的命运。

生活在城市底层的李达，觉得自己就是一粒尘埃，黏在城市污浊的屁眼里。但他却想钻出夹缝，漂浮起来，去看看城市高处的风景。

一早就被车流声吵醒了，狗日的汽车，十天总有八天把清梦搅得粉碎。为了省点儿早餐费，他常常深夜一两点才睡，这样可以挨到明天上午十一点，早餐就稀里糊涂傍着午餐解决了。

今天又一次计划破灭，只得怏怏起床，摸出皱巴的零钞，鬼魂一样闪离出租屋黢黑的楼道。忽然眼前一亮——路边躺着一张百元钞票，像出浴美女勾着他的魂。快步走前去，正要弯腰捡拾，一辆车呼啸而来，险些擦着身体。惊魂甫定，李达朝绝尘而去的车啐了一口浓痰。再扭头去找钞票时，却不见了踪影，气得直跺脚。

失魂落魄地走到早餐店，一屁股坐到门口的露天座位上，点了份炸酱面。络腮胡子的师傅豁嘴一笑，露出两颗虎牙，高喊一声"好咧"，一下子就喊回了李达的魂，肚子咕噜咕噜响。

食客稀少，面很快上了桌，李达饿狼一样扑上去。正吃得天昏地暗时，冷不丁一股气流呼啸而来，差点把他这粒尘埃冲走。等他把头从面盒里拉出来，已经迟了，一阵灰尘覆盖了他的脸，他并没生气，谁叫自己是尘埃呢，尘埃见尘埃，好运自然来！但看到灰尘把面糟蹋了，他气得暴跳如雷，抓起面盒铆足了劲儿扔向滚滚车流，操你十八辈祖宗！

叭！面盒飞到一辆车的窗玻璃上，画了个大花脸，李达很解恨。摸着瘪塌的裤兜想再买一份炒面，却连五块钱也凑不够，下一顿，该怎么安慰肚子？

正想离开,一大个子喝住了他,你小子吃豹子胆了不是,敢扔俺车窗!

李达抻长脖子还击,你的车脏了俺的面,俺还怎么吃,给你的车吃!

大个子更气了,你小子眼长屁股上了不是,怎么肯定是俺车脏了你的面?

这却问倒了李达,他搔了搔头,是啊,怎么能断定是他的车呢?不管王八还是八王,今儿个豁出去了。便咄咄逼人道,你们开车的没一个好东西,就知道污染空气!

大个子揪住了他,理亏了还嘴硬,快把车窗擦干净!

饿得浑身乏力的李达见抵赖不了,只得向络腮胡子借了抹布,把车窗当脸擦。也不知他搭错了哪根筋,一气之下整辆车都擦了个遍,亮得能当镜子。

大个子看他可爱,递过来一支烟,小兄弟,以后悠着点。找不着事做吧,想不想跟俺干?

正愁没饭吃的李达眼球一动,但马上又狐疑了。不是耍弄俺吧,刚才还下暴雨,转眼就出太阳了。

大个子一眼就看穿了他的心,递过去一张名片。

李达不看则已,一看嘴巴便张成了"O"形。眼前这位被自己冒犯的不是别人,正是如雷贯耳的易宏达房地产公司董事长黄建伟。市里的世纪传说、幸福里、阳光海岸等十多个大楼盘均出自这位房地产大亨之手!

打瞌睡碰到了枕头,李达当然是求之不得了。

就这么巧合,一粒尘埃飞进了房地产王国。李达还是从底层做起,这个链条见证了尘埃的神奇升腾:销售员——销售经理——董事长助理——总经理。仅三年多时间,李达就从一个草根游民摇身变成了城市金领。

他当然要感谢董事长的知遇之恩,但他也暗暗地在心里感谢尘埃。是那天的灰尘让他阴差阳错地认识了董事长,认识了董事长才有了自己的华丽转身,有了华丽转身才买得起这部雷克萨斯。

那天,他开着新车来到早餐店,依然是门庭冷落,络腮胡子还在。李达坐到露天座位,点了炸酱面,说,兄弟,还认得俺不?络腮胡子瞪圆了眼，摇着头，俺还真没认出你是哪路神仙！李达给了个提示，三年前，俺经常来这吃面，差不多都是上午十一点来……络腮胡子豁嘴一笑，露出两颗虎牙，记起来了，那次你跟一位大老板较劲，他罚你擦车玻璃，那抹布还是俺借你的哩！

李达哭笑不得，吞下热铁似的炸酱面。忽然一阵车流呼啸而过，灰尘张牙舞爪直扑李达，他暴了句粗口，操你十八辈祖宗！扔下面盒和一张十元钞票就走。

他没上车，而是走向以前的出租屋。一辆车猛兽般嚎叫驰来，卷起一张纸投向李达。捏住一看，是一张百元钞票，他诡秘一笑，真是背运时喝水塞牙缝，行运时走路捡黄金。

揣了钞票，李达折回去开车。他这次故地重游，是最后诀别——董事长黄建伟早就瞄准了这块儿地，今天批文正式下了。早餐店和出租屋不久将荡然无存，一个时尚高档的新楼盘将轰然问世。李达嘿嘿一笑，猛踩油门，雷克萨斯像一阵风雷呼啸而过，扬起弥天灰尘，耀武扬威地扑向早餐店。络腮胡子追出来高喊，兄弟，找你五块钱！

出　阁

大门咿呀打开时，她的泪腺也哗地打开了，泪水装满了紫藤盒。她愣是迈不开步，这一迈，二十年的时光就会拐入另一条河流。父母用爬满老茧的手把爱编进这二十年里，编成了一个俏姑娘，编成了一个紫藤盒。

入了洞房，没有新被新床和新柜新蚊帐，墙上贴一个纸剪的"红双喜"。二婶操起一个斗，装满红枣、板栗、莲子、花生、稻谷、小麦，边掬一捧朝床上撒，边念起撒帐歌：

一撒一世荣昌，二撒爱蜜如糖，三撒三元及第，四撒四世同堂，五撒五谷满仓，六撒六合春长，七撒夫妻偕老，八撒八马还乡，九撒九九长寿，十撒十方同祥。

她把撒帐歌记到了骨子里，却把新嫁娘的娇宠锁进了紫藤盒。这是一个大家族，八亩水田、七块旱地、六个菜园、五口鱼塘、四头耕牛、大大小小十五张嘴。她跟着郎君日出而作、日落而息，从此田头垄背、山头水尾。

这年，村里来了一位老板，两眼贼溜溜地盯着村前的山岭，仿佛那是一座座金山。他放出话来，愿意高价租赁山下的水田。那老板当然不是来人间施舍的财神爷，他早就请人勘探过，村前的山富含稀土，稀土是啥？工业"黄金"！据说含量高的稀土三四十万一吨。

村民们动了心，纷纷跟老板签了合同。她和郎君却不干，无论老板如何威逼利诱，硬是吃了称砣铁了心，誓死捍卫田地。

稀土矿还是开了，山上的植被全被铲光，露出血红的肌肤，淘洗后的泥浆血一样漫到山下的水田。唯有她的那块田长着绿油油的禾苗。为了阻挡泥浆，她在田的四周垒起土坯墙，仿佛一座孤岛。她的固执简直可以和莫言《生死疲劳》里的单干户蓝脸相比，任你胡搅蛮缠我自岿然不动。

两年后，山岭被挖得七疮八孔，再没有了压榨的价值。老板赚了钱趁夜一走了之，连第二年的水田租金都没付。他娘的，这吸血的禽兽！村民悔恨当初，水田让稀土溶液腐蚀了，以前亩产千斤，如今亩产百斤，吃了上顿没下顿！

一到收割时节，村民们就心如锥刺，她和郎君却脚下生风地挑回一担担黄金似的稻谷。"人哄地皮，地哄肚皮"，她从骨子里记住了这句农谚。土地永远是咱农民的命根子，地里长出的稻麦瓜果，都是飘着黄土味的金子啊！有了这些汗水浇灌成的硬通货，咱心里就踏实，"灾荒心不慌，仓里有余粮"。咱不稀罕那些带着铜臭味的钱，咱农民面朝黄土背朝天，就是要守住良心，上对得起天下对得起地！

只要一闻到泥土的芳香，她的手脚关节就会咯吱作响，像蚯蚓钻进了泥土。忙完田间事，她总要避开家人摆弄那个紫藤盒。郎君突然闯入房来，她红颜一怒，用力把他推出门去。他搜遍房间，也没找到那个盒。

后来有了儿女，一个个长得敦实，这得感谢黄土地，吃五谷杂粮长大，都接了地气。每到收获时节，她仍要悄悄摆弄那个紫藤盒。好奇的崽子们挖空心思，也没能看到盒里装的啥宝贝。据老三说，有一回瞅见是黄灿灿的，正想凑前去，母亲却"嘭"的一声锁上了盖。

直到唯一的女儿出阁，她才从盒里捧出一大捧，就连这一捧，她竟也相当绝密，装进一个带锁的木盒子，对女儿千叮咛万嘱咐。七天后回娘家时，家人偷偷盘问，女儿却和母亲一样高级绝密。

六十年后，八十岁高龄的她已做了曾祖母，想不到黄土埋到脖颈的年纪还要无奈地"出阁"。

"出阁"这天，颍川村家家户户鞭炮齐鸣、红烛高烧，拜天神、祭祖宗，却不见村民脸上的笑意，心情沉重得像办一场丧礼。

她在郎君灵位前烧了香。五年前郎君去世时攥紧她的手，说，你要像花木兰一样永远守护好土地，儿孙们才不会饿肚子！如今站在郎君灵位前的她捶胸哽咽道，老头子，俺没能守护好土地，俺这老婆子不配做花木兰！说完老泪纵横，抓起一把泥土扬空抛撒，尘封了她六十年的黄土岁月。

家人把用得着的家什装进门外的大卡车。她的那张床，是婚后整整睡了六十年的老式四脚床，她要一起搬走，家人不让，要给她买一张席梦思床。

司机按了好几回喇叭，仍迟迟不见她出来。

家人踱回院子，她站在六十年前的洞房里，正一脸庄重地捧着那个神秘的紫藤盒。打开盖，竟是红枣、板栗、莲子、花生、稻谷、小麦！她像当年二婶那样边朝床上撒一小捧，边念起撒帐歌：

一撒一世荣昌，二撒爱蜜如糖，三撒三元及第，四撒四世同堂，五撒五谷满仓，六撒六合春长，七撒夫妻偕老，八撒八马还乡，九撒九九长寿，十撒十方同祥。

全家人触电了一样，潸然泪下！

大门咿呀打开时，她的泪腺也"哗"地打开了，泪水装满了紫藤盒。她愣是迈不开步，这一迈，六十年的时光就会拐入另一条河流。自己用爬满老茧的手把爱编进这六十年里，编成了一个老太娘，却失去了安身立命的黄土地！

补记：地势低洼的颍川村因地处凌江上游，在凌江水库加固扩容工程中被迫全村迁移。公元 2008 年 12 月 23 日，颍川村整体迁移到凌江水库之畔，村民从此成为失去土地的"裸体农民"。颍川村就是笔者的故乡，主人公"她"就是笔者的祖母……

 # 最后的鱼鹰

接到通知单时，爹坐在船上抽闷烟，忽一下火没接上，爹面如死灰，手一松，通知单像溺水的蝴蝶顺流而去。

大黑发出"嘎啊嘎啊"的喑哑声，眼里满是哀怜的绿光。爹最放心不下的就是这群鱼鹰了。猪呀羊呀可以变卖，犁呀耙呀可以送人，这群鱼鹰却不忍心卖，更不忍心像那些没肝没肺的渔民把它们炖成老火靓汤。

爹决定给它们一条出路。一大早就摇了木船，鱼鹰们站舷上一字儿排开，个个脑袋耷拉，眼神忧郁，像知道了要去赴一场诀别的盛宴。

爹顺着凌江把船摇到一僻远处，从腰带上取出长杆烟，塞满烟丝，擦响火柴皮，吧嗒一口，又吧嗒一口，满嘴苦涩味。就像心里侵入了一朵阴霾，欲雨不雨，乍阴还闷。

用劲把烟锅在鞋帮上一磕，直起身板，爹把金属箍套在鱼鹰们的脖上，猛一吆喝：嗨嗨、嗨嗬嗬——！大黑扎煞开翅膀，发出"嘎啊嘎啊"的号令，二黑、三黑、四黑全昂起头，呼呼扇翅。睡眼惺忪的晨曦就被扇醒了，饶有兴味地观看一场泽国演义。

扑通！大黑一个猛子扎下去。二黑、三黑却捣蛋地擦着水面掠飞一阵才潜入水里。爹盯着涌动的水面，心里也在展开一场博弈。

通知单一来，事情便定了局，哪怕你是七十二变的孙悟空也改变不了。就要离开生活了一辈子的村庄，这是掏心肝的事啊。从此背井离乡，再也闻不到黄土地上牛羊的粪香，听不到凌江上艄公的号子，看不到水面上鱼鹰的黑影……

这鱼鹰，是命根子哦。虽然小兄弟帮俺从水里衔来生计，但俺从不把它们当奴仆。经常喂瘦肉、猪肠、黄鳝、鲜豆腐，晚上让它们住西厢

的大瓦房。你别看它们是浪里白条，自理能力却很差，连水都不会自己喝，俺每天多次掰嘴给它们灌水。母鹰下了蛋不会孵，得找抱巢的老母鸡代孵个把月，俺每天得盯紧，睡觉不敢脱衣，端碗不敢离步儿，怕母鹰去捣巢。它们就是这样笨得可爱……

水面忽然划起一道黑色闪电，波滚浪涌，飞沫蔽空。一条鱼甩动着衔在大黑钩状的嘴里，爹伸出长捞子，大黑稳稳当当地飘落铁圈上。收至身边，嘴一松，大鳜鱼掉到网兜。爹轻抚大黑鲜亮的盔甲，它却用忧伤的眼神看爹，旋一个猛子扎入水。

又一个漩涡卷起，二黑、三黑相继浮出，这次竟都捕了大鳜鱼。爹知道这伙计俩的脾性，以前你不给小鱼，它们硬是不松嘴。这次还没等爹拣来小鱼，它们已把鳜鱼丢到网兜里，转身潜进水去。

鱼鹰是通人性的主。就拿二黑、三黑来说，以前常讨巧卖乖，干活老磨洋工，站在舷上半天不动。见大黑衔着鱼钻出水，便飞去假惺惺地帮着把草鲌子、鲶胡子、灰鳜子叼到船上，嘎嘎地邀功请赏。倒是卖力的大黑，从不乱扯嗓子。爹每次给大黑一条小鱼，二黑、三黑自然也少不了。一次大黑闹了情绪，站在舷上不听号令。爹恼了，举篙把它打下水，大黑脚受了伤，便赌气出走。

鱼鹰们一下子没了主心骨，全都懒散得不成。爹很后悔宠惯了二黑、三黑，好生一顿教训后，命令它们去找。爹把船摇进芦苇荡，一路呼喊大黑，直到天快黑时，看到大黑、二黑、三黑一齐叼着条大鲶鱼凫来。爹一把抱过大黑，像见到了走丢多年的儿子。

每每想起那幕，爹心里就绞痛。这一次，爹下了狠心，等鱼鹰们全飞上船，噙着泪拆了它们颈上的金属箍，赏给一条条小鱼，然后一咬牙把它们赶下水。

爹甩开膀子摇桨，拐个弯就不见了影子。

回到家，爹灌下一瓶二锅头，想用酒精麻醉这撕心裂肺的疼。再也见不到这群小伙计了，十五年啊，一个盖头浪就把这十五年卷走了……爹一头倒在床上，不知何时门口竟响起哀怨的"嘎啊嘎啊"。爹踉跄着奔出去，大黑、二黑、三黑懊丧地站在门前，爹眼一热，像久别重逢的亲人把它们拥入怀里。

当所有用得上的家什全装上车运走后，爹又一次摇着木船把伙计们带到凌江的一处支流。他也是迫不得已啊，为了给它们一条活路，爹忍着疼，以一种无奈的方式与它们诀别！

但无论爹怎样赶它们下水，用篙驱，用捞子赶，用脚蹬船板，一个个铁了心钉稳脚，愣是岿然不动。

爹突然一个猛子扎入水，伙计们见状，争先恐后钻进水里，它们要去救主人。然而，水性极好的爹一个龙回头上了船，摇桨迅疾离去……

爹听到老远传来一片"嘎啊嘎啊"的哀号，仿佛一群迷路的孩子在哭爹喊娘。爹抹了把泪，把金属箍果决地扔进凌江——永别了，孩儿们！永别了，血浓于水的村庄！

借着江风飞过二十公里，爹把木船系在凌江水库一隐蔽处。上了岸，就是按城镇标准建设的移民村，全村因为凌江水库加固扩容被迫迁移。而凌江水库，是禁止捕鱼的。

翌晨，爹像往常一样，腰里别一根长杆烟，头上戴一顶破草帽，找到了那条木船。他怔住了，船上竟躺着一条足有十五公斤重的大鲤鱼！

"嗨嗨、嗨嗬嗬——"爹的吆喝声在库区回响，但凌江水库，怎能容得下一群无家可归的鱼鹰呢？！

灵魂远去的村庄

祖父驾鹤西游那晚，我在灵前三跪九拜，突然一只桃子掉下来，不偏不倚砸中我的脑袋，头上隆起一个"桃子"。家人疑惑，莫非我在祖父生前得罪了他？

属猴的祖父有八个儿子，希望有谁能走出山旮旯，但他们个个都是恋山的主。祖父说，龙生龙，凤生凤，老猴生儿钻山洞。我生肖属马，马踏天下，日行千里。祖父便把希望转移到了我的身上。弥留之际，祖父紧抓住我的手，气若游丝，你不走出去，我死不瞑目！那一刻，我泪流满面。在属猴的祖父灵位前摆上桃子，心里一万遍地默念"我要走出大山"。

按祖父的遗愿，葬他于村郭的高山之上。我想，祖父还是很留恋人间烟火的，他可以看到村庄的朝霞夕烟，听到牛羊的长哞欢唱，望到江上的轻舟白帆。更重要的是，他还有一个愿景留在了人间。他站在高山之巅，是想有一天看着我走出大山！

于是，一匹马朝着高山昂首嘶鸣，顿时大风起兮云飞扬，烈马绝尘，踏破万里关山——我满怀激情地参加了市水利局的资料员考试，以赤骥之勇过五关斩六将，杀出一条血路，最终一举夺魁，成为了一匹城市的千里马。

离开老家那天，祖母用柴火在家烧菜，父亲摇着木船载我飘过凌江。家里的炊烟神话般地架起了一座天桥，一直通向祖父的坟墓。祖父知道我要来报喜了，专为我搭了这烟桥。

顺着桥的方向来到山腰，在父亲的桃园摘了又大又红的桃子。正想离开时，瞥见好几人在风中白袂飘飘，我猛一惊。父亲说，怕个球，那是看护园子的稻草人，一个大男人还怕没灵魂的人么？我定了神，把头上的红草帽扣在了一个稻草人头上，嘿，白衣红帽，精神着呢！我拍了拍它，老伙计，替我好好看护园子，下次回来赏你！

把桃子等供品在祖父坟前一应摆上，点了香烛，鞠了大躬。我气宇轩昂地把喜讯告诉了祖父，渴望他用桃子再砸一下我的脑袋。但没有，祖父心疼都还来不及呢，我们在他的微笑里顺着天桥回了家。

品尝着祖母亲手做的梅菜扣肉、酿豆腐、盐焗鸡、醋熘鱼和客家黄酒，那个味儿美啊，至今还垂涎三尺。可惜，这是我在老家吃的最后一顿客家美食了。

我到市水利局上班后，被安排到下属的移民办写材料。不久市里作了一个重大决定——对我市的凌江水库进行加固扩容，须迁移上游部分居民。我们村是上游地势最低的一个村，被定为全村迁移对象。尽管村民一百个不愿意，但谁敢跟龙王爷掰胳膊？

移民工作很快就开锣了，我忙成了转陀螺，根本抽不出身回老家。仅一年多时间，全村就迁移到了凌江水库之畔。回到按城镇标准建设的移民村，水泥硬底化路面把家家户户的房子切割成一排排"豆腐块"，全没了过去那种倚山而建、傍湖而居的随意和闲适。村民也不再有土地，五谷蔬果都是从街上现买的，失却了泥土的芳香。吃着祖母用煤气煮的客家菜，再也品不出当年的滋味。

清明时节，我们精心准备了祭品，跋山涉水地回到了原来的村庄。哪里还有村庄的影子呢？湖波浩渺，一片泽国，在低处的房屋都成了水底龙宫，只有高处的几座房子还在临水照花，显出无限落寞的怨妇神态来。

再看我的祖屋，一半在水里，一半在水面。我的童年记忆一下子淹去了大半。在那个老宅里，我曾经牙牙学语、蹒跚学步、闻鸡起舞，曾经听着祖父无数次"走出大山"的絮叨，吃着祖母用柴火烧的饭菜……还有，在这村庄里，曾经阡陌纵横、鸡犬相闻、炊烟缭绕、渔歌唱晚。而今，秋风萧瑟，洪波涌起，一片记忆化作无情水域……

你看，那边怎么浮着人？顺着父亲手指的方向，看到远处一个个人头在浮动，我脸色煞白。父亲忽然一拍脑袋，说，怎么忘了呢，那是村民以前用来看护菜园的稻草人!

我便想起了那些守护自家桃园的稻草人。举目望去,几个白袂飘飘的稻草人仍忠实地守候着,竟然还看见了那个戴红草帽的老伙计,只是没有了当年的精神劲儿,耷拉着脑袋,像钉在十字架上的耶稣。

我收回目光,不忍再看,眼前的凌江在怒吼咆哮,掀起滔天浊浪。要过江去祖父坟前祭拜,断然是不可能了。便在江边的一棵桃树下摆了供品,父亲隔江高喊——爹啊,吉日良辰,天朗气清,恭备三牲,祭奠尔魂。河宽宽不过尔心,浪高高不过尔灵,一脚跨过江,伏惟分尚飨!

点了香烛,烧起纸钱,曾经村庄的袅袅炊烟、鸡鸣狗吠、鱼米飘香瞬间灰飞烟灭。我心情沉重地弯膝下跪,忽然树上掉下一只桃子,"嘭"的一声砸到了我的脑袋,头上长起一个"桃"。家人疑惑地看我,我真想一个猛子扎进凌江……

晚上,我喝得酩酊大醉。梦见祖父指着一戴红草帽的稻草人大声呵斥:你走出了山旮旯,怎么还把全村人都带走了呢!

 # 喊　魂

　　移民村出了桩怪事。一连几天，半夜村里的狗齐齐吠叫，时而高亢，时而低咽，时而悲凄，时而惶惑，把村民搅成了面疙瘩，能掐会算的罗半仙终于开了仙口——移民移民，一移就成无根草民，自己住进楼房舒坦了，先祖的魂魄却个个飘在半空，狗识阴魂，是想让俺们把先祖灵魂喊回来！

　　爹一拍脑袋，说，怪不得这些天老梦见俺爹在空荡荡的颍川村不停游走，叫他回家，他却说找不到回家的路！

　　仰起头，灰蒙蒙的天空飘着朵朵失魂落魄的云，如黔东习俗中去鳞除鳃的思乡鱼，蓄着劲游移却不知乡在何处。

　　村民便动了情愫，要把先祖的灵骸迁到移民村的公墓区来。爹一大早就雇了船，请了罗半仙，备齐祭品溯凌江而上。

　　自从凌江水库加固扩容后，水位上升了好几米，龙王爷把沿途的田野、道路、房屋一口吞下，只让河道两旁傲然直立的刺楠竹浮出水面。村子就在这翠竹环抱的画境里。可惜最是无情水，昔日"竹喧归浣女，莲动下渔舟"的画面只能在梦里苦寻了，颍川村成了千岛湖下沉睡千年的狮城。

　　仙风道骨的罗半仙也触景伤情，整个村都淹了，难怪先祖找不到回家的路。

　　爹说，是该给俺爹安一个新家了！

　　到得高山之巅的祖父坟前。一丛杜鹃和一株桃花开得正艳。以前桃子成熟的季节，我们每年都可以摘得又大又甜的桃，恭恭敬敬地摆在祖父坟前，像今天这样香烛高烧，清酒列樽，三牲恭陈，蟠桃献瑞。此时，

罗半仙半揖首道，德川公，日月有轮回，天地无始终。凌江既高涨，吾村变水城。子民俱已迁，家园隔万重。望月仰恩德，夜夜梦音容。今奉儿孙命，引尔到新家。魂兮驾仙鹤，飞过海云峰……

念毕，便与爹启开坟，把祖父的骨灰坛装进竹箩抬上肩。罗半仙边在前面撒炒米，边朗声高念：东方有米粮，南方有米粮，西方有米粮，北方有米粮，米粮落地过百关。神仙关，阴鬼关，马牛六畜关，飞禽百鸟关，金丝蝴蝶关，深水鲤鱼关，圆毛三十六关，扁毛三十六关，各种关神都过了，过了关神跟俺回家门哟！罗半仙念一句，爹就撒一把纸钱。

下了山，来到江边，罗半仙又念道：亡灵亡灵莫飘摇，步步登高过仙桥。过了仙桥有摆渡，上了渡船站稳了！

在船头续又点上檀香，摆上三牲，罗半仙竖起招魂幡，喝下招魂酒，擂响招魂鼓，在木鱼声中念起凄凄切切的招魂经。爹扬手撒起纸钱，念响请各路神鬼领赏的唱偈。空中"蝴蝶"飘飞，纷纷洒洒，迎风摇曳，但终究挡不住下坠的弧线，一头栽进江中。爹忽然噙满泪，眼前的蝴蝶化作了秋天落叶，却怎么也找不到自己的根，随水流不知飘往何处。叶落归根从此成了对先祖莫大的讽刺！

船顺流而下，罗半仙口中喃喃，爹每隔数米，就撒一把纸钱，江面上铺开了一条蝴蝶水路。据说，这就是阴魂抵达地府的安魂道。人这一生，在世时要用钱买通一个个牛头马面，死后还要用钱买通一个个讨债鬼，到头来却落得个流落他乡……

忽地，船尾响起一通招魂鼓，沉重得要把人擂下江去。罗半仙和爹扭头回望，是陈大耳在为他母亲招魂。一样是木鱼经声，一样是纸钱纷飞。

伴着纷纷洒洒的蝶舞，天空下起洋洋洒洒的雨丝。一时间，江上飘来了几十只招魂船，一把把纸钱撒向江面，经声咽切，仿佛满天的魂魄在哭诉。空中响起声声杜鹃啼叫，要撕断人的肝肠！

村民把先祖改葬到了移民村附近的公墓区。按照风俗，家家在坟前栽了杜鹃。因为祖父属猴，爹像以前一样，还特意栽了桃树。

但当天半夜，村里的狗还是此起彼伏地吠叫，村民又慌了神。罗半仙说，那是先祖的魂魄初来乍到，还不适应群居式的新坟冢。

行走的房子

　　如是几天半夜，狗仍吠个不停。一日，爹去了公墓区，所有坟前的杜鹃都枯萎了，当然也包括祖父坟前的桃树。

　　罗半仙便说，准是先祖的灵魂留恋故土，飘回颍川村去了，得为他们再招一次魂！

　　大家又觉得在理，各请了师傅回颍川村去喊魂。祖父空坟前，香烟袅袅，罗半仙念念有词：亡魂亡魂细思量，回头不是旧家乡。谁人不恋胞衣迹，儿孙喊你下凌江！在罗半仙的经声里，爹虔诚地挖出了杜鹃和桃树。招魂幡、招魂鼓、招魂经，一条条船在纸钱纷飞中摇向回家的路。每条船上还载着一朵红云，那是村民从先祖坟前挖的杜鹃花。

　　到了公墓区，村民在安魂经声里把裹着老家泥土的杜鹃重新栽上。爹擦了把汗，不经意看到一个个白烟缭绕的烟囱，那是山下开了十几年的化工厂。

　　狗们似乎安静了许多。爹再到公墓时，杜鹃仍几近枯萎。祖父坟前的桃树却奇迹般地结了果，正是成熟时节，随手摘个一咬，满嘴酸涩味，爹忽然发出雄狮一样的怒吼，操起桃子朝烟囱的方向狠狠扔去。一头跪倒在祖父坟前，撕心裂肺地喊起了魂：圆毛三十六关，扁毛三十六关，各种关神都过了，过了关神阿爹跟俺回家乡呦！

27

年 魅

天阴沉着脸。爹站在阳台上，孤寂，荒茫。目光猝然箭一样穿过重重灰霾。

在西北边的天穹底下，有一个村庄，凄清似荒野，四处窜着觅食的饿鼠。乡亲们在年关将近时迁出了村子，带走拉杂的家当，却带不走植入乡土的记忆和血脉。爹最后一次领着村民到祠堂祭拜祖先，香灯红烛，照出的不再是喜气的脸，垂泪，诀别。爹跟乡亲们在门前挂了一串串炮仗，如千万条榕树的气根。主事一声唱喏，爹点火引燃，噼噼啪啪，炮声震天，烟雾滚滚，掩盖了一个村庄的风雨五百年……

爹后来跟我说，算是给祖宗提前过了年，我把十年的纸炮都放了，至少把年魅驱赶到了十万里远，但愿祖宗从此在天逍遥，在地安生。爹又叹了句，根就这样没了。

移民村的房子来不及砌炉灶，爹便答应来城里过年。我买房子五年了，每年都邀请爹来，他却说老家过年有年味，城里人都往农村奔。这是爹第一次到城里跟我们一起过年。

爹一来便忙开了，把扫帚用竹竿扎稳，高举着除尘扫污，不放过每一个旮旯。还把厨房、厕所、窗台抹了个光亮，累得气喘吁吁，仍不忘郑重其事地说，老祖宗常告诫后人年关之前要大扫除，把污秽浊气扫出屋门，才不会招惹年魅进来，年魅最喜欢进脏屋子。

晚饭时，我们商量着买点年货，爹不容分说把买春联、门神、灶王贴的活儿全揽了过去。

我知道，爹还是放不下老家，人走出来了，心还在那。他是用根深蒂固的传统风俗来抚平移民的伤痛，一板一眼地沿袭着祖宗的家传，如手握一本《圣经》，语重心长地教诲着他的后人，才会稍许减轻剧烈的漂泊感。

一天晚上，他说，崽，你离开老家到城里过日子，那是本事。爹离开老家移民外迁，那是背叛，对祖宗的背叛，对颍川村的背叛。祖宗流传下来的，以后要倍加珍惜。鸟雀有巢，蛇鳖有洞。要永远记着，你是从哪里来的！

那晚，我失眠了，仿佛一根浮木，越近年关越找不到属于自己的那座岛。

除夕，爹拿出买来的春联、门神、灶王贴悉数贴好，空气中就有了些许年味。末了爹拿出一圈三千响的炮仗。我说，爹，城里禁止放纸炮。爹眉一横，不放怎么驱年魅？就放一挂！我急了，爹，真不行，政府有规定，再说楼上楼下的也不安全！爹不管，政府大还是祖宗大，老祖宗常告诫后人除夕放纸炮驱年魅，一年才会风调雨顺，五谷丰登！我从爹手里抢过炮仗，语气夹了火药味，爹，别拿老皇历当令箭，要放我陪你去广场放！爹执拗得很，年魅不在广场，都馋着眼蹲在家门口！

我把炮仗收了起来。爹一脸酱紫色，年夜饭如鲠在喉。撂下碗，爹一个人站到阳台上，抬头望天，隐隐约约听到郊区农村传来噼噼啪啪的炮仗，其声愈加密集，爹就愈加惊慌，城市的年夜便愈加冷清。仿佛农村在唱着一台大戏，而城市却打着呼噜，拒人于千里之外。这城市的除夕，孤独了第一次来城里过年的爹。何况，爹和村民们移出了颍川村，他的心还在滴血，城市不但没有帮他止血，还往他的伤口上撒了一把盐。

爹愤愤地说，真他妈没年味！转身便回了屋。

我和妻子、女儿坐在客厅看春晚的时候，爹一定独对孤灯回忆着老家过年时放炮仗的美好时光——年夜饭摆上桌，爹轻轻解开捆成圈的炮仗，挂在门前的长竹竿上，点燃一根烟，猛吸一口，手捏引线，一边喊"崽子，闪远点"，一边拧着眉把烟头凑近。噼噼啪啪，炮响震耳，落红遍地。小孩子松开掩着双耳的手，屁颠屁颠地跑去捡哑炮。爹高声道，纸炮一响，威震八方。年魅狂逃，六神慌张。一年到头，人兴财旺！

我们沉醉在春晚的欢乐中时，爹提了个铁皮水桶走到阳台上。我说，爹，去干吗？看春晚！爹没吭声，把玻璃门拉个严实。我看到爹把铁桶倒扣下来，掀起一条缝掏出打火机点燃，一阵炮仗声在桶里炸开了，乒乒乓乓，乒乒乓乓，仿佛奏响万马飞腾的鼓点。

我推开玻璃门，邻居隔楼高喊，阿金，你家放的是什么？

我用手拢在嘴边大声答道——年味！

浓烟漫向城市的夜空，爹笑了。

会跳水的猪

爹一生粗茶淡饭，波澜不惊。没想到在他花甲之年，做了件惊心动魄的大事，在养猪业搅起了滔天浪花。

这事得从村里移民之前说起。

那时宰猪村民有自主权。只要听到凄厉的猪叫声在村庄上空回荡，村民就明白又一头猪上了案台。农事便干得潦潦草草，索性搁了锄头，边褪高挽的裤管边探问谁家宰的猪。

不到一袋烟工夫猪肉就抢购一空。爹拎着席草系着的一刀肉，脚下生风地回了家。切肉声、剁蒜声、下锅声，合奏成美妙的红烧肉之歌，香味飘出老远，神仙闻到了也得打几个滚。

爹平素没啥嗜好，就爱这一口。但后来规定家养猪统一送镇里屠宰后，养猪业就步入了"臊时代"。爹便去琢磨，还真揪出由头来了。以前村民拿米粮、谷糠、番薯苗等天然食品喂猪，还常放出栏来伸脖子拉腿。如今那些专业户一股脑儿买回几十上百条猪，给它们喂添加激素的猪饲料，甚至苯巴比妥镇静剂，猪大吃大睡，自然就长得快。他们才不管猪肉臊不臊呢，蘸着口水点钞票数得牙疼手软。

于是，村民也浮躁起来，再不愿傻里吧唧地拿米谷喂猪了，买回一大袋猪饲料和添加剂，只有猪长得快才是过日子的硬道理。

这对爹简直是个打击。但一年总有一回，爹会用土方法养一头猪，送镇里屠宰后要回一半。左邻右舍总会尝到爹亲手烹制的红烧肉，那个香啊，没法言状。

可惜就是这仅有的权利，也给剥夺了。市里决定对下游的凌江水库加固扩容，全村要迁移到水库附近。房子全是几十平方米的"火柴盒"，村民得侧着身过日子，哪里还有猪的容身之所？

爹噙着泪把猪赶出栏，请来屠夫私宰。家门口支起大锅，切成大块的肉拌进姜、蒜、料酒、酱油，文火慢熬。

香味撩醒了沉睡的馋虫，大伙没想到爹会请村民品尝红烧肉。爹选了个最能唤起宗族情感的地方——祖屋厅堂，像举行一场诀别的盛宴，一村子的人脸上没丁点笑容。爹端了一大碗红烧肉摆到祖宗神龛前，点上三支香，摆上三杯酒，列队三鞠躬……

移民村里，听不到猪们的哼哼唧唧，爹蜗在屋里如坐针毡。怕他闷出病来，我便叫他来城里住。开始还算踏实，后来饭越吃越少，有时喝点汤就把碗撂了。

我明白爹吃得寡淡的根源，便去市场买回肉来烹制。爹看到碗里的红烧肉眼睛就发了亮，但送进嘴后，筷子便进退维谷。我夹了块，一股膘味直刺喉咙，旋即吐了出来。

爹无精打采地看着电视新闻，眼睛再一次发了亮——湖南一村民搭了个跳水台，像训练跳水运动员一样锻炼自家饲养的土猪，以增加猪的进食量和生长速度，有效提高猪肉的品质和口感。

爹用力拍打沙发，连说这个法子好！我说，爹，八成是炒作！爹却犟得很，你就五迷三道吧，一辈子吃膘猪肉，看不膘出脓来。我要回颍川村去养猪，就养会跳水的猪！

不论怎么劝，爹吃了秤砣铁了心。回到移民村把锅碗瓢盆等一应家什收拾好，还精挑细选了两头猪崽，请来拖拉机沿凌江而上拉回了颍川村。

村里空荡荡的不见人影，如剑的芒草在风中刺啦啦响，爹的心被戳得粉碎。心苦着呢，但猪崽嗷嗷的嚎叫容不得爹多想，赶紧到草秽丛生的番薯地里摘来嫩苗，熬成一锅美食，猪吃得吧嗒吧嗒响。

搭好了一个简易跳水台。猪们放出栏，四蹄飞扬，在竹鞭的引导下跑向槽道，忽然意识到前方不是它们的方向，铆了劲扭头回奔，被爹拧住耳朵，强拖硬拽，蹭踏声和干嚎声乱成一片。爹咬牙挥下一鞭，猪泄了劲，跑到台缘，却杵着再不肯动。爹恨铁不成钢，连抽几鞭子。扑通通！哗啦啦！两头猪完成了首轮跳水运动。

每天至少要这样训练两个小时。到后来不用鞭子，只要爹一吆喝，猪们就会轻快地跳下水去。

还是把移民办的人招惹来了，他们苦口婆心地劝导。爹恨恨地说，这是我一砖一瓦垒起来的屋子，凭啥不让住，就是死也要死在颍川村！

几天后，村里开进了几台大铲车。正在驯猪的爹惊呆了。铲车直奔村里的祖屋，这座有几百年历史的老屋瞬间轰然倒塌。爹感到了窒息和挑衅。

看着民房一间间倒下去，爹心里的防护墙也一扇扇坍塌。

这晚，雷电齐鸣，暴雨如注。移民办干部连夜派来拖拉机，道理长道理短说了一大筐。见爹无动于衷，他们使出了强拖硬拽的杀手锏，爹心里的防护墙彻底垮了，木愣愣看着他们把两头健壮的猪抬到了拖拉机上。

爹穿着雨衣坐在拖拉机后头，像护送粮草时被活擒的将军。

又一道闪电划破长空，雷声大作，两头猪受到了惊吓，越过拖拉机护栏，训练有素地跳进了浊浪滔天的凌江。爹悲壮地喊了一嗓子，我的猪！随即大鹏展翅似的飞了下去……

爹本来想把两头土猪养大后，一头焖成红烧肉分给乡亲们品尝，一头送给儿子做腊肉。按他的话说，城里的猪肉都是狐狸精变的！

我从市场买来肉亲手焖了一大碗红烧肉，摆在爹的灵位前。哽咽着说，爹，每年的今天儿子都给您老烧一大碗肉！

晚上，我借酒消愁，把一瓶米酒喝了个底朝天，终于趴倒在桌子上。睡眼蒙眬中，听到爹恶狠狠地说，哪里弄来的红烧肉？快端走，能臊出脓来！

滴水观音

一夜之间，风就长了性格，冷峭中带着鬼哭狼嚎的悲鸣。半撩起帘子，风便呼啦扑了进来，媳妇儿在里屋发出一声呻吟，锁子，冷！

他转身把门关个严实，在炕里生起了火。媳妇儿白纸似的脸就起了红晕，大肚囊如一座高山凸起。锁子，动了，小家伙动了。哎哟……哎哟……痛！

预产期就在这两天。老天爷却刮了风刀子，他深沉地盯着那座山，仿佛看到风在山上打转，他盼着孩子快点出世，孩子一落地，太阳就出来了！

北屋却传来两声虚脱的干咳，锁……锁子……他推开半掩的门，油灯泛出一片光晕。光晕微弱，却竭力抗拒着黑暗。娘在床上一躺五年，不管白天还是夜晚，她都要在屋里点上一盏油灯。还把窗封个严，不让风进来，怕吹灭了灯。这灯，她一年到头悉心地养护着，如供奉一座天国的佛。

娘！他凑近耳边。娘呼着气，起风了……把灯芯……拨拨，咱家……不能……断了灯……石锁轻轻地拨了拨浸在油里的灯芯，噼啪一声，火亮了一截。娘轻吸了一口气，你媳妇儿……要生个……带柄的，给咱家……添丁，快去……洞里……拜……观音！娘这话说得斩钉截铁，像屋外的风刀子，一刮一道血痕。

但石锁却不挪步。娘又道，你媳妇儿……今儿个……还生不了，娘……今儿个……也还……死不了……

他愿意到娘黑洞一样的屋里听她唠叨，却不愿到那个三公里长的溶洞去。但石锁每天都得硬着头皮钻进洞，洞里有他的口粮，也有他的气味和汗水。

媳妇儿临产，今天他本来是请了假的，而娘却要他去进洞，拜那座钟乳石化成的滴水观音。娘叫他拜过多次，还说以前俺怀着你时，要不是常叫你爹拜观音，怎么能生下你这个带柄的呢？观音是送子菩萨，一拜一个灵！

石锁开始也很虔诚地拜，做梦都想生个带柄的崽。石家三代单丁，从祖父到爹再到石锁，三代都是单根擎天柱，好歹撑住了天，将香火延续了下来。要是石锁媳妇儿没生出个茶壶嘴，石家今后就成了一炉死灰，祖宗灵位前再没有列子列孙三叩六拜了，红背带就会被抛到河里，血一样卷进恶浪的咽喉……

每天石锁趔趄着腿，把路走成一高一低的琴键。他常哼着东北小调去离家一箭之地的溶洞上工，洞里冬暖夏凉，这是唯一让他舒爽之处。

但绳子一拉上肩，跟伙计们紧赶慢走，汗就沁出来了。船上坐着五湖四海的游客，用手捧起清凌凌的水，溅到两岸的钟乳石上，一个景点接着一个景点在七彩灯光的映射下姿态万千，他们忙举起相机抓拍。很多时候，游客们会将镜头对准石锁他们，这是现代版的伏尔加河上的纤夫。钟乳石美丽，纤夫的爱更美丽。于是，有人就唱起了《纤夫的爱》：妹妹你坐船头，哥哥在岸上走，恩恩爱爱，纤绳荡悠悠……

就是这句歌词，改变了石锁生子的念头。从祖父开始，一家三代在这洞里卖命，咬紧牙关拉纤绳，用咸涩的汗水换取游客的欢笑和金钱。这倒没啥，人各有命，水浒里不是说了吗，甘罗发早子牙迟，彭祖颜回寿不齐，范丹贫穷石崇富，八字生来各有时。

而这个洞，却是吃人的魔窟。祖父和爹在洞里丧了生，祖父那阵儿，溶洞还在开发，一个响炮就要去了他的命。政府为抚恤家属，让爹进洞当管理员，爹也是贱命，上工时发生了塌方，石块把他送进阎罗殿。后来，政府又给了个指标，让俺进了洞，起初当管理，后来被挤兑了，还是拉上了纤。俺虽然还活着，也许老天爷可怜俺还没传宗接代，暂时饶过。但你看这腿，在一次拉纤时摔了跤，严重骨折，现在走路还一瘸一拐。说不准哪天阎王爷记起俺了，往生死簿上一勾，俺就去了。

俺再不能五迷三道了，俺媳妇儿要生就甭生茶壶嘴，那是岸上走的哥哥，命苦着呢，得生个坐船头的妹妹！

石锁上工时逮着空，便去拜洞里的滴水观音。他默念道，观音菩萨，求您赐俺一个女娃娃，大了能坐上绣花的高船。一水珠兀地滴落头上，冰凉冰凉的。

这一次，请了假的石锁奉母命进洞拜观音。他临走时揣上那台残旧的西门子手机，吩咐媳妇儿有急事便呼他。

他又兜回娘的屋里，拨了拨灯芯，说，娘，俺去了！娘嘴角挂起一丝笑意，喘着粗气，菩萨……会保佑……俺……石家的……

石锁打开一道门缝，侧着身出来，咆哮的风一个猛推，要把他推回屋里，但他轩昂地迎上去，呼出一口白气，风力便小了。

把帽垂放下，遮住了耳朵，石锁一高一低地走在严冬里。一钻进洞，忽地就暖和了，他摘了棉耳帽，走到滴水观音面前，很虔敬地叩拜，观音菩萨，俺媳妇儿就要产了，跪求赐俺一个女娃娃……

头顶又滴答落下一水珠，钻心入骨的凉。

手机没响，他坐着吸了根烟，慢悠悠地看着伙计们拉纤，高喊着号子："石锁子，你在想啥子？""嘿—呀—唑！在想——屋里——女娃子。""伙计们，前头就是石盘沱！""嘿—嗬—嗬！石盘沱头漩涡多。""抓紧绳子踩稳啰！"

忽然，手机响了，媳妇儿大哭道，锁子，快回来，娘走了！

跌跌撞撞走出洞，雪花漫天飞舞，天地间一片银白。石锁滚卧到雪地里，身上染成了雪白的孝服，夺眶而出的泪水，转眼间便滴泪成冰……

寻找鹧鸪声

这日子像抽了脚筋，提不起劲来。整天除了吃喝拉撒就是睡觉，仲全叔觉得自己成了一头猪，一头没有饥饿感的哼哼唧唧的压栏猪。

儿子心疼得不得了，说爹你去会所的棋牌室，去广场的粤剧院，去街上的健身房吧。仲全叔说，俺一个修地球的，就会锄头锨镐三板斧，去那地方干啥？

一晚，陪孙子看电视《狙魂》，特种兵0357团赵团长正在严厉训斥着，远处山林戏剧性地传来阵阵鹧鸪声。仲全叔居然兴奋得跳起来，晚饭时吃了两碗饭。

而且睡觉忒香，梦见和老伴赶着牛羊去了鹧鸪坳，在阵阵鹧鸪声里把太阳从东边赶到西边，又从西边赶到了畜圈里……

翌日凌晨，鼾声里的仲全叔隐隐约约听到了声声鸣叫，一个激灵醒了，支棱起耳朵——是鹧鸪声！是鹧鸪声！他一骨碌爬起冲出房门，原来这大城市还藏有山鹧鸪！

跑到小区，鹧鸪声一阵接一阵，像在伞状的凤凰树上，像在墙似的绿篱丛中，又像在悬崖高的楼群顶。他兴奋如小孩，从小区东边的海桐搜到西边的竹荫，又从南边的杉林寻到北边的蕉园，累得大汗淋漓，连个影儿都没见着。他再次耸耳捕捉声源，却是一片喧嚣的市声。

他一屁股坐到石凳上，迷瞪着眼，随风晃过一影儿，被谁伸手一拽，就把他拽回了那个小山村。

数声鸡鸣，他们就起了床。咽下几根红薯，赶着牛羊，扛着锄头便去了鹧鸪坳，把牛羊赶到绿油彩的山坡上，他们就在山坡下开始了锄头与土地的对话。

男人说，你喝点水一旁歇着去，别动了胎气！

女人说，俺不渴，俺又不是娇贵女人。大人动一动，胎儿变龙凤哩！

男人说，犟吧你，俺前面挖土窝，你背后下黄豆。

女人说，俺是那跟班的命！

男人往女人鼻梁上一刮，女人笑得嘎嘎响。

太阳已蹿得老高，阳光不再温柔。男人几次叫女人歇着去，女人偏不，她的性子就像这阳光，热辣得要把土疙瘩烤成红薯。地快种完时，女人突然晕厥了，男人抱她到树荫下，灌了水，仍不省人事。一定是饿晕了，他攥几颗黄豆又放下，得找流质食物，但在这荒山野岭去哪找？

那个急啊，像火烧到了胸膛。忽然一阵鹧鸪声响起——"饿饿饿哦"！"饿饿饿哦"！他心头一振，学着鹧鸪叫了几声，灌木丛"扑棱"一声飞起鸟影，他赶忙跑去，果然找到了窝，躺着好几个鹧鸪蛋哩！他兴冲冲捧了去，敲破了送进女人嘴里。

女人终于醒了。搀扶着回了家，女人肚子就疼了，下午便生下个崽。

当女人知道是鹧鸪救了娘俩，两天后就拖着男人带她去鹧鸪坳，往窝里放了满满一堆金黄的谷子。

虽然那是个吃了上顿没下顿的年代，他们却老惦记着鹧鸪，种庄稼时常送点谷物。近午或傍晚，鹧鸪便用鸣叫提醒他们回家。他们幸福地挥一把汗，男的学两声鹧鸪叫，女的唱几句山歌：哦嗨！黄豆结籽磨豆腐，花生结籽打豆油。哥是鹧鸪山上唱，唱得阿妹肚辘辘……

许多年后，男的在书上看到鹧鸪的叫声是"行不得也哥哥"，不禁撇嘴一笑，那是多情文人的痴想，俺怎么听都是"饿饿饿哦"！

仲全叔每每想起这事，眼前就有一群鹧鸪在起舞，响起那熟悉的鸣唱，肚子似乎真会咕咕叫。拿现在来说，真是好事。今天不愁吃，天上飞的，地上爬的，水里游的，土里长的，有腿没腿的，都可吃。胃一天到晚撑满食物，哪里有饿的感觉！如今听到鹧鸪声，久违的饥饿感就回到了肚里。他回去煮了一大碗捞面，吃得吧唧吧唧响。

晌午，睡意蒙眬的仲全叔又听到一阵鹧鸪声，竟然喜不自禁。他翻身下了床，这次非找到那鹧鸪不可！

他把搜寻目标转移到了楼群。小区有五十多栋楼，他一口气跑楼梯跑了三十多栋，冷不丁腿一软，倒在地上……

卧床的仲全叔给儿子讲了鹧鸪蛋的故事，还喘着粗气说了一席话，你的命是鹧鸪救的，你妈就葬在了鹧鸪坳，以后在家养一只山鹧鸪吧，要永远记着这份恩！爹这些年，肚子成天鼓囊囊，是头猪都会被撑死的。这两天听了鹧鸪叫，肚子才舒服，才想吃东西……

儿子犹豫，自打从电脑上下载了高保真鹧鸪声，用扩音器在楼顶定时播放，爹就来了精气神。该不该把自己的这个秘密告诉父亲呢？

天上人参

我喜欢玩麻雀，就是大伙说的筑长城。马三揶揄我，脑子里尽想着鸟事，明明是麻将，咋就变成了麻雀，想叼走我们的钞票啊！

刚好我摸到了一个花鸟，我说，怎么不是麻雀，这不像吗？哈哈，胡了！一张张百元钞票飞进了我的口袋，简直要像麻雀"嗖"一声刺破蓝天。

按规矩，赢了的请客。马三提议，吃雀！我说，尽想着鸟事，想倒回旧社会啊！马三扮个鬼脸，是禾花雀，对鸟事有大益，一雀抵三鸡，天上人参！

大伙心里痒痒的，我心里却在隐隐作痛，一雀抵三鸡，两雀抵六鸡，三雀抵九鸡，那得吃掉我多少只鸡啊！

但我还是硬着头皮跟马三他们进了酒店。不一会工夫，一盘清蒸雀就上来了。成为盘中餐的雀一点也不像雀，滑溜溜的身子顶着个圆溜溜的小脑袋，两只脚爪光溜溜地抻着，倒像刚出生的婴儿。大伙都是许久没吃腥的猫，伸手一抓就进了嘴。我呆坐着，像一个伟大的母亲看着自己的婴儿被人抢夺，眼睛里闪烁着悲凄的泪花。

马三说，咋不吃，一雀抵三鸡啊，再不吃就没了！我眼球闪了一下，吃，咋不吃呢，别心疼钱，一雀抵三鸡，天上人参！

我闭着眼把一个雀儿送进了嘴，乖乖，舌头差点翻跟斗了，香、酥、脆、鲜、嫩，连骨头都可嚼着吃。

我吃第二个时，眼球有了一种神力，禾花雀变成五庄观里的人参果。

吃第三个时，眼睛射出一束饕餮兽的目光。

清蒸雀眨眼间就吃完了，马三又叫了一盘烧烤雀，接着又上了一盘铁板雀，最后上了一锅壮阳雀饭。

柜台前，接过账单一看，傻了，一千六百元！我说，小姐，麻烦你再算一遍。柜台小姐说，一只四十元，总共吃了四十只！

我忍痛付了钱，额上冒出豆大的汗珠。马三说，这么快就见效，浑身都热乎，兄弟带你去凉快凉快！

这个马三，就爱把日子玩得风生水起。一杯茶的工夫，我们就闪进了"天上人间"。马三打了个响指，说，给我来四个织女！

款款而来的织女把四个牛郎引进了四个闺房。临进门时，马三给我扮了个鬼脸，这些妾不比刚才的雀便宜，一个五百！我心动了一下，感觉天平摆正了。

大哥，喝点什么？织女的声音如丝竹之音，钻进了我的肺腑和骨髓，浑身软酥酥的。啥都能喝，你点什么我喝什么。我听到自己的声音有点像太监。

在她为我点饮料的时候，我走进里间察看地形，却惊奇地发现了一个小鸟笼，一只禾花雀在欢快地蹦跳，竟然用清脆的鸣声跟我打招呼。

我轻轻地吹了声口哨，算是还礼。你喜欢这只鸟吗？织女飘到我面前，嫣然一笑。像你一样，挺可爱的！我觉得这句话有一语双关之效。

正在等她还礼时，想不到她说，你觉得它可爱吗，就像我，想飞却飞不出去！我们是同一笼子里的鸟，可怜而不可爱！

我一下子怔住了，想了一下说，每个人都是不自由的，真正自由的只有那些天上的飞鸟！想不到我的话还是遭到了反对，飞鸟也不自由，就像这只禾花雀，本来在天空飞得好好的，有一天它落到地上觅食，一不小心就撞上了早已布好的网。

幸运的是，它遇到了你，才没有成为盘中餐。我顺着她的话往下说。她很动情，是的，在菜市看到它可怜，就偷偷把它带了回来，改明儿把它放回蓝天。但是，每天都有很多捕鸟人在芦苇丛中挂起一张张大网，用竹竿驱赶藏身其中的禾花雀，看它们窜飞时在网前放一串鞭炮，禾花雀就全撞到了网上。一次能捕几百上千只，拿到市场上卖，一个少说也要四五块钱！

你想知道我是怎么走进"天上人间"这只笼子的吗？我父亲逮禾花

雀赚了不少钱，有了钱就进赌场，结果欠下巨债。兼营"天上人间"的债主把刀架在我爸脖子上，眼看他就要成为刀下鬼，我撞开房门大嚷，他们看我长得俊，就威逼我到"天上人间"抵债。

我忽然觉得胃里有很多禾花雀在乱撞，想拼命飞出去，却怎么也找不到出口。额头又冒出一颗颗豆大的汗珠，她把一杯咖啡递到我面前，用纸巾小心翼翼地帮我擦拭，说，看把你紧张的，我们开始吧！

我说，不了。说完像一只禾花雀"嗖"一声飞出了"天上人间"。

后来，马三他们又找我玩麻雀。这次，是马三摸到一个花鸟胡了，我们的钞票飞进了他的口袋。他扮了个鬼脸说，兄弟们，走，去吃天上人参！

我的胃里立马就有很多禾花雀在乱撞，忽然"哗啦"呕了一地酸水……

 # 凤凰传奇

知了吵翻天时，凤凰树便开了花，一把把红彤彤的火焰，将暮春烧灼成了初夏，汗水虫子一样蠕动。

就是在这躁动的夏日，人们看见了微笑的三娄，开着电动三轮车从凤凰树下呼呼碾过，梧桐泉的空桶也在车厢里发出哐啷啷的笑声。

水店老板正是看中三娄的微笑，才招聘他为送水员。那是发自心里的笑，让人看着舒坦，给千家万户送去了微笑，还愁生意不好吗？

果然，买月票、年票的多起来，老板和老板娘绷紧的脸也绽开了凤凰花。见三娄从车上抱下一个个空桶，老板便喊他喝功夫茶，来来来，三娄，刚泡的铁观音，喝两杯提神！

三娄丢下一个笑，猫着腰钻进了地下室。这是他的宿舍，简单得只有一床一凳。他刚接到夏丽的短信——好合好散吧，水不能当饭吃，笑也不能当饭吃，水中月照不清黑夜的路！他的心凉飕飕的，哪有心情喝茶？拿了一双夏丽穿过的拖鞋，用红绳子系了挂在床头。以前村里谁赌气出走了，就用红绳子系了谁穿过的旧鞋，挂在红苕地窖里，过几天还真回了来。

胖墩墩的老板娘推开门，哟，三娄，收藏女鞋呀，还挂床头，晚上做美梦哩！

三娄就红了脸，我……觉着……好看……转身钻了出去，笑着呷了几口茶。老板娘被地下室的霉味呛得大咳，钻出来时满脸涨红。

老板再斟茶时，三娄已抱了梧桐泉到三轮车上，呼呼生风地开进了对面小区的别墅群。

在一别墅门前刹了车，三娄就觉得停错了地方，因为门前停着一辆

婚车。

三娄赶忙抱着梧桐泉进了客厅。房里飘出一白衣女子，明媚得不敢拿正眼去看。

他就去睃巡饮水机的位置，却不经意与她的眼神碰上了。忧伤，这么漂亮的脸蛋怎会有一双忧伤的眼睛？三娄把桶抱过去，倒立在饮水机上，发出咕噜咕噜的声响。

三娄心里也在犯着咕噜，却见她用一个大水勺去饮水机上接水，接满了，就去浇门前的凤凰树。风吹过，车身上红艳艳的凤凰花簌簌飘落，原来这车不是婚车。

三娄堆着笑说，拿这么好的水去浇树啊？

女子幽幽道，梧桐栖凤凰，凤凰落梧桐。没有什么水比梧桐泉更适合浇凤凰树了……

三娄听着有点费脑筋，回去告诉了老板和老板娘。老板娘鼓着腮帮说，梧桐泉三字还真是好，梧桐引得凤凰来。三娄，想不想娶一只凤凰？

三娄的脸又红了，老板娘笑我啊？甭说凤凰，能娶一只麻雀就知足了！

说完心里一阵绞痛。眼看夏丽就要飞走了，女人啊，连一只黄雀都不如，黄雀还知道结草衔环。这夏丽，说走就走，连个表情都没留下。当初，夏丽就是被三娄的微笑表情迷住的，当她发现笑不能换钱时，就头也不回地走了。

但是，痴情的三娄宁可认为她在开玩笑，他坚信床头的鞋子能把她的心唤回。伸手摸了摸，鞋极有节律地晃来晃去，仿佛夏丽正踩着碎步走来。

才两天，那白衣女子又打来电话，三娄开着三轮车风一样拂进小区。那轿车落了更多的凤凰花，如罩了一层红纱巾，真的像极了婚车。

把梧桐泉倒放饮水机上，白衣女子又接了一勺水，浇到门前的凤凰树下。

三娄就想，她一定是把念想撒进了那勺水里，唉，再光鲜的人，也有解不开的疙瘩……

他回到地下室，把鞋上的红绳子解开，又系稳，学着村里老人的口吻长唤：夏丽……回来啊！夏丽……觅着鞋子带着魂儿回家来……

这晚，夏丽果真出现在了店里。老板不在，老板娘笑得嘎嘎响，三娄，梧桐引得凤凰来，送完这趟水，就去陪你的凤凰吧！

夏丽坐上了三轮车，捶着三娄说，胆小男人，一条短信就把你吓蔫了。三娄往她身边蹭，说，是凤凰就会飞回梧桐树上来的。夏丽又搉他一下，我压根没把你当梧桐树。三娄说，把我当梧桐泉也可以！

送了水，经过白衣女子的别墅时，三娄不经意看见那辆车一溜烟开回门前，车尾灯一闪一闪，车身上的凤凰花不见了，却见车里两个人着了魔似的拥吻。

好一会儿，俩人钻出车来——天哪，那男的不是老板吗？

三娄赶紧载夏丽回了水店，拿了老板的一双拖鞋就钻进地下室，把床头夏丽的鞋解了下来，系上了老板的拖鞋。

猫一样钻出来时，老板娘问，三娄，玩什么把戏？不陪女朋友，想当鞋博士啊！

三娄却笑不起来，说，帮你唤回你的梧桐树！

妃子笑

一千二百多年前，因为贵妃的一个嗜好，我们身负重轭，顶着酷暑绝尘而飞。从岭南至长安，八万里逶迤长路马蹄声声，一站接一站，以飘风之速穿山越水。很多同类或不胜重荷疲累而死，或遭猛兽青虫噬咬而亡。

荔枝每年快马急运，但谁也没有亲眼看见那"回眸一笑百媚生，六宫粉黛无颜色"的贵妃。如果能瞥上一眼，就算死，也是值得的。我是长安站的最后一匹飞马，本以为只有我能一饱眼福，但荔枝刚从背上卸下来，我就被牵到马厩喂草料，连荔枝的影子都没见着，更不要说那倾国倾城的贵妃了。

返程中，我犯了严重的相思病，加上中暑，一路神思恍惚，最后一命呜呼。每年酷暑，看着一批批同类驮着新鲜荔枝，带着我的思恋似离弦之箭驰往长安。酷夏就成了我的相思节，就像牛郎织女相会于七夕。

一千多年后，我投胎变成一个商人，某年仲夏来到了岭南。这真是个好地方，不仅仅是这里商机四伏，更重要的是岭南曾为贵妃的倾情之地，红艳艳的除了满山杜鹃花，就是那"锦苞紫膜白雪肤"的荔枝了。

我直咽口水，朋友说，带你去荔枝园！我高兴地扬起蹄，浮生第一次见到了"飞焰欲红天"的荔园。红彤彤的果子如霞似火，铺天盖地，把眼睛灼得滚热，仿佛到了传说中的火焰山。我猴子一样爬上树，摘下一串就往嘴里塞。一股蜂蜜流进喉咙，要把我的五脏六腑化为酥糖。

朋友说，知道吃的啥荔枝吗？这是荔枝中的极品，妃子笑！我猛一怔，好大一颗核仁咽进了喉咙，噎得我抻成了长颈鹿。妃子笑？一千多年前的妃子笑，怎么会长在了树上？我昂首问天。哈哈，妃子笑，俺吃的是妃子笑，魂牵梦萦的杨贵妃！

朋友说，有啥好笑，莫非中了贵妃的毒？

我说，俺的前世就属于贵妃，现世又遇到了她，她却成为了大家的口中物！

我来了个倒挂金钩，连枝带果拽下一大串。饿汉似的猛吃，我要把前世没吃到的妃子笑补回来。

吃累了，垂息树上傻傻地想，要是当年贵妃坐马车来岭南荔园，边剥荔枝边跳《霓裳羽衣曲》，那该是何等神仙逍遥啊！至少，俺们还能用鬃毛磨蹭贵妃，且不会抛尸野外。唉，为了国色天香的贵妃，死又有啥呢，牡丹花下死，做鬼也风流！

可是，连你的影儿都没见着，俺们死不瞑目啊！

我不停地吟咏，一骑红尘妃子笑，无人知是荔枝来……

朋友说，你真的上火了，头上直冒火焰！

朋友把我带到宾馆，点了菜，上了酒。他往我碗里夹了一拃长的瓜，说，先降降火！我疑惑着嚼了一口，满嘴青涩味，旋吐了出来，啥子瓜，怪难吃的！朋友大笑，傻蛋，这是老鼠瓜，南方人吃荔枝必吃此瓜，它是铁扇公主那把帮你灭心火的铁扇！

啊哈，真是一物降一物，糯米治木虱，和尚治大佛。妃子笑的克制物居然是丑陋的老鼠瓜，难道这就是因果轮回？

我真不想吃，但朋友硬逼着，就像一杯一杯逼我喝茅台一样，直醉得我不知今夕何夕……

被朋友架进一七彩霓虹处，隐约看到"唐宫俱乐部"几字在闪烁。我迷糊道，你把俺送哪，俺可不想回到唐朝去！便止了步，朋友用力推搡，走，带你去见杨贵妃！

我一听就来了劲，屁颠屁颠进了贵宾房。不一会就进来十多个宫女，她们行了万福礼，自报名号——贵妃、淑妃、贤妃、惠妃、德妃、宸妃、姝妃、丽妃、温妃、柔妃……

我喷着酒气说，贵妃留下！头牌移着莲步烟视媚行，其他妃子知趣而退。

贵妃缠到我怀里，一股脂粉味钻进鼻子，就像那蜂蜜似的荔汁，要把我的骨头化成水。

摇曳多姿的贵妃，为我跳起一支《霓裳羽衣曲》，云鬟花颜金步摇，芙蓉帐暖度春宵。历史的镜像在眼前迭现——周幽王为博褒姒一笑，不惜烽火戏诸侯；纣王为妲己建酒池肉林，荒芜朝政……君王"不爱江山爱美人"，是何等的风流豪迈啊！

看着贵妃勾魂的双眸，我醉得不省人事。忽然道，爱妃，送你的荔枝好吃否？

贵妃娇嗔道，相公，你真会哄人，我何时吃过你的荔枝啊？

我一个鲤鱼打挺坐起来，你，你，不是你差俺们弟兄迢迢万里运送荔枝的吗？

贵妃一脸茫然。我跳下水床，怒不可遏，俺要见皇上，快把皇上给俺叫来！

贵妃提了裙子冲出门去。很快就来了一个衣冠楚楚的男士，先生，有什么可以帮到您？

我指着他的鼻翼迎头棒喝，你就是李隆基吧，为何要私吞俺们弟兄千辛万苦运送的荔枝？你还是不是一国之君！

"李隆基"说，我没见过您送的荔枝啊！

我暴跳如雷，猛一挥拳，他的鼻子马上挂了彩，血流如注！

我酒醒了大半，方知自己闯了大祸，扬蹄闪电般逃离唐宫。庆幸的是，一个个锦衣卫没拦截我。我终于找到了自己的宝马，风驰电掣地奔上一千二百多年前的来时路。

翌日，陕西某报登出一头条新闻，概意如下：一开宝马男子在陕西马嵬坡下因酒驾与大货车相撞，当场殒命，当时车里正播放着李玉刚《新贵妃醉酒》。车尾箱则盛着满满一堆妃子笑和老鼠瓜！

入粤随俗

　　粤，多少人的梦想之地。就因为盖子罩着的那个"米"字吗？这把米撒在了"粤"这片大林子里，五湖四海的鸟都飞来觅食。

　　冯子川不是打工鸟，而是一只穿军装的鸟。他在珠三角服役，很幸运地转业到当地工作。部队的严肃、紧张，完全与地方上不合拍。比如单位的人见面爱笑，冯子川就翘了翘嘴角，但面部表情仍然僵死。同事就说他轻蔑。最要命的是语言不通，本地人见面都是一口粤语——听讲你之前系当兵仔，纵系抓方向盘嘅！你系边度人呀？几时得闲出来饮番几杯啊！冯子川听着满头雾水，用四川口音浓重的普通话和同事交谈，简直是"鸡同鸭讲"。

　　他就觉得自己是局外人，只有在开车时，才找回尊严。他在部队当驾驶兵，转业后重操旧业。这在90年代初期，很多人羡慕得眼珠子发绿。按理说，像冯子川这条件，处对象并不难。但人家姑娘听他操着四川口音，刚探出的头又缩了回去。

　　然而，没结婚有没结婚的优势。过完年单位发开门红时，他一个大男人接到了同事发的一大摞利市。他犯迷糊，同事说这是珠三角的风俗，过年时结了婚的都要给没结婚的派利市，哪怕你五十岁还单身，都有份。冯子川就搔了搔头，那我这辈子就不结婚了！

　　经过廊道时，遇见一位头发半边白的同事也抓了一大沓利市，便向他打招呼。那人木木的，似笑非笑，却不回一句话。冯子川心里哼道，恁大年纪了还没结婚，有什么好高傲的。

　　那天刚好下大雨，有女同事就对冯子川说，麻烦你车我地返屋企啦！冯子川没听明白，一人翻译后，他忙说，好啊！几个同事就上了车，那个半边白也想坐，女同事催促道，快滴行，唔要理咯个痴线！

"痴线"这个词，冯子川倒是听出来了，就是神经不正常的意思。女同事提醒他，以后遇到那个痴线，不用理他。她又补充说，那痴线以前也是司机，出了车祸，就变成这呆傻样。这么大年纪讨不到老婆，看见女人眼睛就发亮，花痴一个！

冯子川握方向盘的手就冒虚汗，便提起了十二分精神，而且不再认为没结婚是个优势了，他可不想做花痴。

回到家把利市撒到床上，天啊，三十多个！这一年，他巧合地相了三十多个对象，最后那个本地妹也没把他放眼里，但因为她爹是部队复员的，物以类聚吧，她爹看上了冯子川。她是个乖女，爹的话便是圣旨。

又是一年的开门红。同事不再发利市给他了，而是自己揣一大沓利市发给那些没结婚的。"恭喜发财，红包拿来！"一句话一个利市地发，手都软了，他仍很开心。毕竟自己娶了个本地妹，也算是半个本地人了，但他的白话讲得像发动机出故障的二手车，忽忽突突，常常串不起整句来。他就一句白话一句普通话地讲，同事笑他讲的是"四川白话"，极有创造性的语种。

一人不知不觉地走到身后，弱弱地说，恭喜发财，红包拿来！他一转身，是半边白。兴头上的冯子川像吞了一只苍蝇，但还是掏出一个利市，半边白正要来接，忽然手一松，利市掉了，空中翻着筋斗飘落在地。半边白弯腰去捡，他脑勺的秃顶就亮了出来。

冯子川颤了一下，同为司机出身的缘故吧，忽然觉得他的秃顶就是自己多年后的影像。赶忙也蹲下身去，与半边白的手碰在了一起，把利市往他手里推搡，用"四川白话"说，头先唔好意思，我矛罗稳。半边白目光空洞，没笑，也没说，木偶一样朝前走了。忽然又回过头来，弱弱地说了一句普通话，以后开车要抓稳方向盘！

冯子川打了个寒战，每次开车都不敢大意，怕自己也成了"痴线"。一晃十年，开车没出过事，倒是爱情路上抛了锚。妻子跟他总是貌合神离，常常尿不到一个壶里。她很鄙视他的"四川白话"，说可以演脱口秀了，我会第一个买门票。他正色道，我就给你一个人演，全免费！她回了句——痴线！想不到这彻底伤了他的自尊，婚就这样离了，她不再把爹的话当圣旨。

回到单身一族的冯子川，在这年单位发开门红时就换了角色。结了婚的都给他发利市，抓着一大把，却再也高兴不起来。偏偏这时又遇到了半边白，他本想向冯子川讨利市，看他手里也抓着，就缄了口。

刚好这天也下了大雨，他把车开到单位门口，却没人来坐。这年代，同事几乎都买了车。仍是有人敲玻璃门，一看，是半边白，他用白话木木地问，可唔可以车我返屋企？冯子川说，上车呀！路上，半边白忽然说出一句四川话，下个月我要退休了，第一次坐你的车。以前我也是当驾驶兵的，在四川乐山部队！冯子川怔了好长时间，车上广播响起了水木年华的歌：那年你踏上暮色他乡，你以为那里有你的理想，你看着周围陌生目光，清晨醒来却没人在身旁……

# 国舅牛

一阵比牛吼还响的喇叭声把老庄吓了一大跳，跑出保卫室，天哪，平板货车上牛气哄哄地站着一头"牛"。一层楼高，七八米长，四蹄如石墩，牛角向外拱，牛尾往上翘，一副埋头使大劲的样子，仿佛要把地球犁为耕地。

老庄的眼睛成了牛眼。起重机这头木雕把牛从货车上吊下来，缓缓移放到大门侧，牛头正好对着保卫室的门。

邹总拍拍牛头，说，老庄，好好看护，知道值多少钱吗？一百多万！少了根毫毛你也赔不起！

老庄眼睛瞪得更大，邹总，这次你发大了，怎么着也得给俺加工资了吧？

邹总打着哈哈，加，一定加，还不是从牛身上拔根毛的事儿！

浑身不得劲的老庄身上沾了牛气，两腿码足了劲，绕着牛转了几大圈，轻轻摸了摸牛头，嘴里喃喃，好家伙，一百多万，你是牛魔王转世啊？

一百多万，在这珠三角能买一套房，在俺山东老家能造一栋别墅。俺一个月工资一千，一年不吃不喝也就一万二。妈拉个巴子，一百多万俺少说也得100年才能挣够。俺今年68，妈拉个巴子，俺就是活个100岁也还差六十多万！

这啥世道啊！俺一年到头累死累活地看门，起得比鸡早，睡得比狗晚，吃得比猪差，干得比驴多，挣得却恁少。造恁大一头牛顶个屁用，既拉不了犁，又驮不了米，放哪家门前还占哪家地。当年大跃进，俺还是个放牛娃，生产队从内蒙古引进了十多头牛崽，俺忒疼它们，喂大把

行走的房子

大把的鲜绿草和精饲料，一年就养成了能拉犁翻地的壮牛。那时兴"浮夸风"，什么"人有多大胆，地有多高产""亩产一万斤，社社放卫星""蚂蚁啃骨头，茶壶煮大牛，没有机器也造火车头"……俺说俺养的牛一头一天能犁五亩地，社员们不信，说俺把牛吹上了天。俺当场试给他们看，这蒙古牛还真争气，把五亩地犁得波浪翻滚，社员们不得不服了。后来这些牛老了，生产队决定把它们卖掉，俺含着泪说，它们可都是老英雄啊，得卖个好价钱！最后以一头500元卖了，这在当时是很高的价位。俺愣是想不明白，这一头木雕牛，大是大，威是威，但是雷公霹雳打不动的货，却能卖一百多万，比"浮夸风"还夸！

听庄海说，这邹总以前开皮包公司，结识了银行的人，贷了一大笔款，一夜之间开起了红木家具城。这家伙能炒作，常把越南黄花梨当海南黄花梨卖，发了财却赖着银行的钱不还。庄海的花木款拖了两年也不结算。庄海是老庄的同乡，在附近开花木场，家具城开业时把老庄介绍给邹总当保安，老庄才有了碗饭吃，庄海的话他还不信？

这邹总真是孤寒鬼，俺上了三年班，经常加班值守，工资从没加过。俺说了很多次，还托庄海说，他每次都答应得很爽快，但只听雷声不见雨滴。俺喜欢看报，要求他订一份，他说保卫室是干啥的？看门的！看报那是癫头进错了庙！

幸好庄海那儿订了报纸，读到的多是旧闻，旧就旧吧，把旧闻读新了，那才是本事。

这个与牛有关的故事，就是从报上读到的。是说两头神牛，因触犯天条，被罚到人间受苦。一头的银项圈上刻着"吕洞宾"，一头刻着"曹国舅"。"洞宾牛"只要一上套，就使犟劲耕地，农夫想缓口气时，也不知深浅埋头拉犁；而"国舅牛"却偷懒耍滑，总是"哞哞"哼唱讨农夫欢心。后来玉帝一道圣旨把"国舅牛"召回了天庭，"洞宾牛"受到沉重打击，怎么也想不通，自己比"国舅牛"干得多、干得累，最后留在人间受苦的却是自己，它对着苍天怒吼……

老庄明白了，自己是"洞宾牛"，邹总是"国舅牛"。自己只有埋头苦干的份，而投机取巧的邹总却能一夜暴富。这靠的是什么？靠的是"玉帝"的旨意啊！

很多有钱人开着名车来看牛，但看的多，谈的少，最后一大集团以128万的价格买下了这头牛。

为示庆贺，邹总他们出去吃饭，留下老庄一人看守大门。老庄想，等邹总回来，再跟他提加薪的事，这次一定要让他下点雨。老庄上卫生间时，经过邹总的办公室，看见门开着，便走了进去。一张大班台很是气派，上面竟也摆着一头木雕牛，不大，却好沉。老庄料想，刚卖的那头值128万，这头少说也得一万多吧。他学了声牛叫，说，你们这些"国舅牛"，都是一路货色！

一帮人醉醺醺地回来了。邹总提着个盒饭，说，老庄，辣椒炒牛肉，这牛能卖个好价钱，有你一份功劳！

老庄便顺水推舟，邹总，那加薪的事，你看……

想不到他把话拦腰打断了，你不干，很多人想干！

老庄彻底火了，牙齿磕得咯咯响……

第二天，庄海接到邹总的电话，老庄不见了，我桌上的那头牛也不见了，一定是老庄拿走了，你让他快回来，我给他加薪！

老庄接到庄海的电话，老庄，那牛不值钱，它是邹总的生肖牛，在寺庙开过光，他说回来立马给你加薪！

老庄坐在火车上，打了个呵欠，俺也属牛，但俺是"洞宾牛"，俺瞧不起那"国舅牛"，你叫那家伙到保卫室门口去看看。

邹总跑出去，他的生肖牛杵在原来摆大木雕牛的保卫室门前，两只筷子插在装着辣椒炒牛肉的饭盒上，像两炷燃烧的檀香，在祭奠一头叫"国舅"的牛！

天堂鸟

　　娘出殡那天清晨，屋前的聚果榕百鸟齐鸣，啁啁啾啾，清脆婉转，合奏出一支欢畅的乐曲，把悲悲凄凄的唢呐声压了下去。

　　听说有一种灵魂鸟在天堂口等待善良的灵魂，一路歌唱送上极乐世界。我用喑哑的嗓音喊道："娘——娘——上天堂——宽宽的大路——长长的宝船——溜溜的骏马——足足的盘缠——娘——娘——你甜处安身，苦处花钱——"

　　娘信佛，每天早上在神龛前烧香叩拜，即便在生病的日子里，她依然净手焚香。我用摩托车载着娘从家到医院来来回回颠簸，每颠一下，后视镜便映照出娘痛苦的表情。但她还是不肯坐出租车，说太浪费钱。我说，娘，要是我有辆车，你就不用受这苦了！

　　娘烧香时，捏着红丝线串起的两只贝壳绕檀香三圈，口中念念有词，"啪嗒"一声扔桌上，俩贝壳一阴一阳躺着。娘脸上红云氤氲，说，崽，你会有车的，不出两年就能买车！

　　出于对娘一片良苦用心的抚慰，我做着手握方向盘的动作，高声道，娘，买了车，我拉你去四川拜乐山大佛，去峨眉山拜普贤菩萨！

　　娘脸上盛开一朵花，忽然脏腑剧痛，满脸乌云来袭。娘跪倒在神龛前，双手合十，额上沁出豆大的汗珠，口中喃喃——前世的冤孽今世还，今世的修行百道关……

　　这一次娘没有阻止我拦出租车。刚出村口，看到有人在路边卖禾花雀。它们蜷缩在用铁丝编成的笼子里，叽叽喳喳，鸣声凄切。卖家从旁边的热水锅里捞出几只烫死的雀，熟练地拔除身上的羽毛，像光溜溜的早夭婴儿，抻着圆脑袋和长脚爪。

娘叫住了司机,忍着痛拉开车门,用五块钱一只的价格把几笼雀全买了下来,足足花了三百元。娘让司机开回家,我以为娘喜欢吃雀,没想到她把几笼雀全放飞了。死里逃生的禾花雀惊魂未定,纷纷扇着孱弱的羽翼,眨着圆溜溜的小眼睛看娘,然后扑棱着飞上屋前一长溜葳蕤的聚果榕。

娘用不容商量的语气说,明天再去医院吧,好好看护禾花雀,甭叫人再逮了去!

第二天拦了出租车去医院时,在村口又看到那人在卖雀。娘不听劝说又掏了几百元全买了下来,把它们放飞到屋前的榕树上。

我说,娘,再耽搁不得了,命比天大!

娘说,每一只雀都是一条命,难道它们生下来就是给人吃的吗?

我不敢顶撞娘,她的心太善,而且性格忒执拗,争辩下去对她的病情不好。事实上,一入冬,有很多禾花雀上了村民的餐桌,据说这种鸟大补,有"天上人参"之说。捕鸟人在野地里布下一张张网,用长竹竿往草丛里驱赶,受到惊吓的禾花雀纷纷瞎撞到张着血盆大口的网上。

出租车开动时,几百只禾花雀在树上跳跃啼鸣,娘的脸上又飘来红云,鸟儿们用清亮的歌声欢送。

但医院却是另一张用悲苦和伤痛编织成的大网。医生作了最后确诊,拉我到一边低语,我瞬间如五雷轰顶。远远看到娘蜷缩在冰冷的台阶上,像一只挣扎的禾花雀。我忽然想,如果能用钱买,哪怕卖光家产,也要买回娘的安康。

一瓶瓶吊针只能稍稍减缓娘的剧痛,但她却不呻吟,蹙着眉强装笑颜,崽,你会有车的,有了车载娘去拜佛!

我忍住泪,娘,有了车,我拉你去拜乐山大佛和普贤菩萨!

娘又说,崽,娘这病是个劫数,要在佛前忏悔,咱就甭把钱往医院这窟窿里填了!

其实医生跟我摆明,这病住院也不管用。我不敢把实情告诉娘,但她八成是估摸到了,一再要求出院。

执拗不过她,我们穿越喧嚣回了家。迎接我们的是百鸟啁啾,悦耳的歌喉乐韵飞扬,你方唱罢我登场。

娘的心情甚好，说这些雀是佛祖派来的神灵，听着它们唱歌娘的病就会好了。

娘每天清晨除了在佛前虔诚地烧香外，就是忍着疼痛踱到村口，看还有没有不幸的禾花雀被当作盘中餐卖掉。如果有，她铁定会掏钱买来，放飞到屋前的榕树上。

因为买雀，娘花了三千来块，她瞒着家人把买止痛药和营养品的钱省了下来，身体自然是每况愈下。娘终于在那天清晨买回一笼雀后，倒在了家门前。

奇怪的是，几百只禾花雀从树上飞了下来，在娘的四周围成一个圆，用婉转的歌喉为娘的灵魂歌唱。

两年后，如娘所言，我买回了车。我许诺过等有了车要拉娘去拜佛，但我四处寻望，却只见白云杳杳，斜阳归雁……

我第一次从三百公里外的东莞把车开回老家，到了村口，一阵惊惶的鸟叫声被风卷进车窗，几十只禾花雀在笼里挤挤挨挨，悲戚的目光零乱碰撞。

正想开过去，车却突然熄了火，怎么也打不着。我下了车，叽叽喳喳的悲鸣声响成一片。想着娘以前在这掏钱买雀的情景，我恻隐之心顿起，一种强烈的意念使我掏出钱夹，花300元买下了这笼雀。

打开笼门，几十只雀像看到了生命的通道，前挤后拥地钻了出来，扑扇着翅膀直刺蓝天。

有一只雀却在空中画了条弧线落在我的车上，唱着喜悦的歌。

我钻进车，只一下便打着了火。猛一惊，仰头道——娘，是您吗？儿子带你去拜佛！

霾里看花

推开阳台玻璃门，就看见一台"黑白电视"，镶嵌在天幕上，白茫茫一片，连对面楼也看不清了。

李老太嘀咕着，又起雾了。阳台的山茶花开了几朵"红绣球"，伸手摸了摸，闺女的皮肤娃娃的脸。

心里一喜，向对面楼喊了一嗓子，很快就有了回应。两个声音在雾气中穿梭、回响，像隔了峭立的断崖。

这山茶，天天浇水它不开，这些天没搭理它却开了花，好看着哩！

真是同花不同命，俺们同一天买的，俺家的还没啥动静，俺又没亏它。啥颜色？紫红啊，这大雾天，看不清呢！

好久没起雾了，这一来就遮天盖地，还呛鼻呢……阿嚏——阿嚏！

第二天，推开阳台门，那台"黑白电视"还在。李老太不信，以为自己一夜之间患了白内障，这雾，怎么缠恁久，一天一夜了，还没散去。花呢，她瞄了一眼山茶花，粉嫩的花瓣耷拉着，像昏昏欲睡的小娃子。才一天呢，咋成这懒样儿了……

她又朝对面楼喊了一嗓子，很快又响起方老太的声音。

俺家的山茶不见太阳不开花，你看这霾，缠着不散，几时是个头啊！

你说啥？这不是雾，是啥？

霾！雾的姐妹！

埋？雾就是雾，咋是埋呢，俺们都是黄土埋到脖颈的人了，埋就埋吧，迟早也是个埋！

俺是听俺那读小学的孙子说的，老师让他们上学时戴口罩，要是让霾进了鼻，轻则得鼻炎，重则患癌症！

忒瘆人，以前只听说有雾，现在咋就有了"埋"，那真要把人都埋了呐？俺一把年纪了，腿一伸眼一闭就是那么个事儿。倒是俺那孙子，才读三年级，可怜啊！上次逛街，你不是说在阳台上种点绿色植物，能净化空气吗？

是这个理，俺们才同时买了这山茶花。但这霾，你看它见缝就钻，这山茶咋抵挡得了？

天娘啊，这生活才好几年，要吃有吃，要穿有穿，不像以前扛把锄头修地球，浑身一个土疙瘩。咱的孩子不用脸朝黄土背朝天，都进工厂开机器了，咋就有了"埋"？

你说中了，问题就在这。俺们年轻时，这周围一大片都是田地，种瓜得瓜，种豆得豆。如今征了地，到处盖厂子、冒黑烟。听俺那孙子说，厂子是种瓜得豆、种豆得瓜的"黑土"！

啥？黑土？黑土就会起"埋"？那雾呢？

只有多种庄稼，雾才会回来。雾一回来，霾就逃了，听说它们虽是姐妹，但感情别扭着呢！

俺们都住顶楼，那你看在天棚铺上土，种上青菜豆角，能不能把"埋"赶走？

这个办法……嗯，俺看靠谱，咱明天就请人开工！

李老太和方老太在家里都是说一不二的主，她们各自雇了短工，一担一担地往天棚挑土，两天便整出了黄土层。她们又像年轻时一样，高挽裤管，手握锄头，把腰弯成一张弓，往地里栽下油菜、扁豆、黄瓜、佛手瓜、西红柿……

她们把土地当孙子一样侍弄，天天浇水、施肥，用喷雾器除虫，忙得大汗流小汗滴。

你说咱是啥命哩，黄土埋颈的人了还玩土，不怕人笑话！

俺们都是土命，一碰土心里就踏实。以前俺们的土在地上，现在俺们的土却在半空。

是喔，把土地搬到半空来，都是"埋"给逼的！

俺们百年后，没块地儿安顿，要不就在这天棚垒个坟包。

你多舍不得家人呐，俺才不想受这"埋"的气，俺要上天堂！

俩人笑得嘎嘎响。

数月后，空中菜园开了花。紫色的扁豆花，黄色的黄瓜花、白色的佛手花、金灿灿的油菜花，红灯笼似的西红柿……

这哪是菜园，简直成花园了。

这天清早，阳光铺洒，还是起霾了。俩老太怕霾糟蹋了花儿，背着喷雾器喷农药。俩老太家的阳台上出现了俩戴口罩的小孙子。虽是灰霾天，但日光朗照，他们还是看见了对方天棚上的花儿，像奥比岛里的七色花。

俩老太每喷洒一阵白雾，眼前便出现一道彩虹。

他们俩小子没见过，很是好奇，便摘了口罩跑上天棚。

奶奶，你背上会喷雾的是啥？

驱霾器！

那喷出七彩颜色的是啥？

彩虹！没见过吗？

俺从小就生活在灰霾天里，哪见得到彩虹？它怎么不在天上，在俺家楼顶？

以前在天上，被霾赶了下来。

那它还能不能回去？

只要把霾赶走，它就能回，天上才是它的家！

 # 地　盘

　　阿泉牵着儿子送木香上了长途车。木香隔窗高喊，带好儿子，守好玉米地！车扬起一股烟尘，阿泉拄着拐杖，目送，天涯……

　　木香想进厂却没找着活儿。厂门口高矗一长溜树，怒放一朵朵硕大的红蕊。而树下，一长溜地摆着摊，烤红薯，煨玉米，卖杏仁，烧牛肉驴肉火腿肠……突然"啪"一声，一朵花掉头上。一摆摊的大姐说，头戴花，好兆头，你有财运哩！木香便问，这是啥子花？大姐答道，木棉花！熬了水可清热祛湿，解春困！

　　木香灵机一动，一个伟大的构想诞生了——卖木棉花茶！她推了柜子车摆到木棉树下，请人写了个招牌："喝木棉花，春解困乏，夏祛湿热，秋养脾胃，冬暖身心"。

　　时值三月节气，工厂的打工仔、打工妹在流水线上很易犯春困，这可是在拿生命开玩笑啊。想不到一人喝了她的木棉花配方茶，一整天精神抖擞。这消息像长了翅膀，大伙里三圈外三圈地抢购。

　　生意如火焰燃烧，烧红了一些摊主的眼，不是逼她离远点，就是把垃圾扔她车前。木香总是忍气吞声，人在屋檐下啊。一次，几人想买一粗汉摊上的饮料，却又转去了木香摊前。生意惨淡的粗汉戳着她的鼻梁威逼，也不瞧瞧这是谁的地盘，要么到别处去，要么给爷交点生活费！

　　木香这次不想忍了，腰一叉，眉一横，说，大路朝天，各走一边，我惹你还是欠你啦！

　　粗汉瞪圆了眼，你这乡下来的土坷垃，占老子的地盘抢老子的生意，滚！

　　"啪！"飞来半截子砖，招牌哐当掉落，还把一热水瓶震落地，"砰"

一声爆响，木棉花茶烫伤了木香的腿。

她彻底恼了，龙卷风似的咆哮奔前……

忽然有人大嚷，城管来啦！城管来啦！大伙忙撤摊疯跑。木香转身推着车子猛冲，却无奈腿疼得提不起劲儿，被一个城管拉住了。木香张嘴一咬，城管"嗷"一声反扑，柜子车被撞翻在地。砰！砰！砰！七八个热水瓶全爆响了，木棉花茶流得恣意汪洋。

怒不可遏的木香一个横扫，城管摔了个狗爬式。眼看后面一群大盖帽穷追而来，木香扶正柜子车就逃……

重新买了热水瓶，心里总是怵怵的。粗汉见她招惹不得，也就缩了头。

木香善恶还是分得清，每天倒一大杯木棉花茶送那位大姐喝。大姐给钱，她推了，说，我有口饭吃，还仰仗大姐你哩。她们的关系便亲如妯娌。

生意一路火红，给家里去电话也就多。听说村里来了测量站的，木香便高了嗓门，守好玉米地，那可是咱的命根子！城里容不下咱了，咱还得回去侍弄那一亩三分地！阿泉总是絮叨，儿子想你，他说娘是不是变麻雀飞走了。木香心里就有千万只麻雀在乱撞。

就在一张张票子不知疲倦地飞进兜时，几个五大三粗的莽汉围住了柜子车，为首的戴墨镜，这是我们的地盘，要营生，给爷交保护费！

木香咬紧牙关，不交！想黑老娘？

几个莽汉就揪头发，扳胳膊。木香张口一咬，一莽汉鬼哭狼嚎，拼了死劲儿朝她的腘窝猛踹，木香扑通跪地。眼看一场血腥的风暴就要在木棉树下刮起，大姐冒险跑了过来，木香，咱就交吧。木香心如锥刺，按大伙的交费标准每月交保护费 1000 元。

春天过后是夏天。木香的生意更是火爆，竟然把附近几个厂子的打工仔、打工妹也引了过来。喝了木棉花茶，把脏腑的烈焰和车间的溽热全驱走了。

木香笑得正甜，接到了阿泉的电话——测量站的又来了，村前大片地要规划建设，玉米地怕是守不住了！木香从胸腔呼出一股气，坚决守住，不要让他们得逞了！

生意出奇的好，连那些莽汉都不敢相信。当他们又一次出现在柜子车前时，挂记着那片玉米地的木香如一堵墙杵着，提着嗓音道，我可没差你们一分钱！

墨镜撇着嘴说，油盐柴米涨价了，地皮房子涨价了，就连我的小情人都要求涨价，你不涨说得过去吗？

莽汉们笑得嘎嘎响。木香眼里射出一束光，说，钱没有，命一条，别惹恼了老娘！

"砰！"热水瓶摔地上，烫得他们嘎嘎叫。一群"狼"围了上来。一拳如重锤甩出，木香嘴里鲜血喷溅，但她还试图去撕咬一匹凶残的"狼"。一双飞毛腿从半空中劈下，重重地踹在腰间，木香如一截树滚卧在地。一匹"狼"打开了热水瓶，冒着白气的木棉花茶挣扎着跳到主人身上，木香痛苦得满脸抽搐。最血腥的一招是，揪了木香的头猛磕到木棉树干的瘤刺上。血，染成了一朵哭泣的木棉花……

是那位大姐，把她送去了医院。没想到，白大褂也是狼，非得先交钱才准许住院。大姐跪下央求，"白眼狼"竟然说，你们这些乡巴佬，万一交不起钱怎么办？大姐只得扶着晕迷的木香躺卧长椅上。折回去凑了钱，好歹躺到了病床上，"白眼狼"才迟缓地诊治起来。

阿泉拨响了木香的手机，大姐如实相告。

腿瘸的阿泉五雷轰顶，拉着儿子坐上了长途车。医院里，躺了两天两夜的木香双眼紧闭。任阿泉怎么哭喊，都僵躺着。

这时，儿子抱住了木香，大喊道，娘，你醒醒，咱家的玉米地没了！

好一会儿，木香眼皮眨了，嘴翕动着。阿泉把耳朵挨近：你……一个……汉子……没……守住地，以后……怎么办，去卖……木棉花茶……那有……我的……地盘……

酒中有个月亮

谭庄有个习俗，家家户户在中秋节气祭祖上坟，团圆一词就冲破了阴阳界线，月挂中天，亮得动人心魄。

月饼断然是少不得的，还有酒，常人也就用自酿酒或散装酒。而谭忠信，用的却是茅台酒。

一应摆上供品，启开瓶盖，香入了骨，众人吸溜着鼻子。谭忠信朝坟前仨纸杯斟酒，哧溜哧溜，如闻父亲喝酒的声音。

父亲当了 30 年村支书，他不喜欢村民唤他支书，非逼你叫老谭不可。

老谭就老谭吧，这老谭一股子犟劲。就拿喝酒来说，谁都说店里的稻花香、杏花村好喝，他却自酿几坛米酒，从年初一喝到次年除夕。

操起杯，哧溜一口，那句话便蹦出了嘴，买的酒哪有俺米酒醇，野酒不如家酒香啊！

村里就没人送酒给他，倒是有人请他去家喝，推辞不得，也就去了。去了也就去了，裤后兜还揣上瓶米酒。

主家就急了，太上皇啊，你这是御酒，哪能随便拿出来喝呢，你就顺了俺吧！

老谭偏不，你就是舌头雕成花，俺还是喝米酒，米酒醇哪！

主家没办法，在酒上攻不下来，便给老谭塞了个红包，亮出底牌，太上皇啊，难得你今天深入民间，给俺一个机会，就把宅基地批了吧。

老谭早猜出这一着了，那个谁，住着大宅院还嫌孬，还想建别墅，那是农田保护区，换了太上皇俺也不批！

"啪"，红包甩到了饭桌上。今儿个只喝酒，不谈事！

也曾有外乡人送酒给他，刚到门口，就被老谭逮住了，说，人可以进，酒放门外。

来人以为他玩虚的，说，几十元的酒，上不了台面。

老谭死抠住他的手，语气不容商量，叫它待门外，谈完事提回去！

一谈事，老谭就想到了农田，你当老板想开稀土矿淘金，山下农田全糟蹋了，大伙喝西北风去啊，不行！

俺可以一次性付他们十年租金。

田都给毁了，十年后呢，谁给大伙发租金？

来人走了个迂回，悄悄递给他一个大红包，说，先给支书您发租金！

老谭坚决推开了，还把来人也推到了门外，说，酒在等着呢！

老谭一眼就看出来了，那酒是 XO。X 是筷子，O 是肉丸，狗日的，伸出银筷子就想把农民兄弟的肉丸夹走，没门！

哧溜哧溜，老谭当了 30 年村支书，喝了 30 年自酿米酒。终因身体不济退了下来，没半年就与世长辞。

弥留之际，老谭紧盯着那几坛米酒，对当国土局一把手的儿子谭忠信说——酒是米做的，米是地里长出来的！

谭局不知有没有听懂父亲的话，日子照样过得风生水起。下榻有香枕美人，用膳有名酒鱼翅，代步有宝马奔驰，简直就是皇宫御苑的生活。

从他嘴里哧溜过的名酒不下一吨，从他手里划出的土地不下千亩。

这次，又有一老板请他喝酒。不同的是，这次的老板是个女的，长得不俗。这次去的不是五星级酒店，而是杏花村农庄。

还没到杏花村，就看到个大招牌，那些个背景画多了去了，那句广告词却挺招眼球——借问酒家何处有，美眉遥指杏花村！

酒桌上，女老板第一句话就是——谭局，星级酒店您去得多了，今儿个请您到杏花村，这里的杏花可娇艳喽！

谭局说，现在讲吃，就是个生态和特色。比如这好端端的农田保护区，长出一大片毒蘑菇来多瘆人。

女老板接过话茬，谭局，这土地俺不建厂子，就想开发房地产，长出一朵花来。

说着把一张银行卡塞他兜里，顺势腻到怀里深一杯浅一杯地干。

酒毕，又到了杏花村 KTV。掌声中，谭局唱响了他的压轴之作：天上有个太阳，水中有个月亮。我不知道，我不知道，我不知道，哪个更圆，哪个更亮，哎嗨哎嗨呀……

掌声又起，一朵杏花飘了过来，与谭局深一杯浅一杯地干，直到把他干到了床上。

半夜，谭局上卫生间，看到窗外月亮又大又圆，忽想起明天就是中秋了，得给父亲上个坟。

父亲一生就爱喝两口，阳间喝了一辈子米酒，阴间得让他尝尝好酒。他就给父亲斟上了茅台。

那晚，他破例住在了谭庄。一摸口袋，糟了，那张卡不见了，八成是掉在了父亲坟前。

他一个人走去。奇怪的是，那三杯酒有两杯被倾斜的蜡烛碰翻了，中间那杯，孤单地杵在碑前。杯里有个月亮，明镜一样，照得谭局眩晕。

月亮旁边，卧着那张中信银行卡。银行两字，被红烛泪盖住了，中信两字却在月光下泛白。

忽然，一个声音斥道，谭忠信，你的心哪去了！

谭局猛然一惊。这时，他的手机响了，屏幕上"杏花"两字闪闪烁烁，铃声又是那首歌：天上有个太阳，水中有个月亮……

 天　弓

我这把老花镜陪主人多年了，岁月风尘快把镜片侵蚀成了磨砂玻璃，主人仍不肯丢。如初一十五祭拜她的老伴一样，奉几炷香，斟三杯茶，念一段经。她每天用茶水擦拭镜片，用嘴巴呵出暖气除却尘埃，刮风雷雨天还紧紧扶住我的双臂，怕我猝然而去。

我知道，主人把我当成了她的老伴、她的眼睛。我虽到了苟延残喘的年纪，却无比忠诚地践行使命，让光和影的变幻来清晰主人的视线。

主人的儿子要回上海了，我陪着主人在寒冬里送了一程又一程。妈，您回吧，我永远走不出您的眼睛！主人儿子的这句话像一把辣椒，辣得主人泪如雨下。主人儿子的话有一半是说我，主人的泪有一半是我的泪。

阿星，下次回来，要把你的眼镜带回来！我知道，主人说的眼镜，是她的儿媳妇，她等了多少年，儿子还没处上对象，都三十好几了，主人能不急吗？

阿星一步三回头地走了，我变幻着光和影让主人的目送春暖花开。

然而，一个小时后回到家，主人想，儿子快要飞上天了吧，她深情地望了一眼天空，心就"咚"一声跌到了冰窖里。

蔚蓝的天空挂着一张弓！云从天的东边拉一条白绸弯到天的西边，奇迹般地画了一个大弧。正在主人的嘴巴也弯成一张弓时，南边一条白纱正一点点地延伸向北边的天际。我闪烁着眸子，像看天书一样放射神力，我把光和影调成最和谐的比例，主人终于看到一架飞机牵引着那条白纱，像一支利箭射向北边。而北边，正是儿子的上海！

她感到了不祥，赶紧抓起话筒，飞快地按下一串数字，电话却毫不客气地响起："对不起，您拨打的用户已关机"。她失神地搁下话筒，须

臾又迅捷抓起，按数字，手机依然关着。

主人扶了我一把，眼里噙满泪。在老伴的神位前燃了香，嘴里念叨着，祈求老伴在天之灵庇佑飞在天上的儿子……

主人朝窗外看了一眼天空，箭似的飞机拉着白纱往北飘移。她疯了一样抓起话筒，按数字，搁下电话。再抓话筒，按数字……如此反复多次地重复这个动作，我早已疲倦了，但我得撑着。直到香已燃尽，泪水朦胧了双眼，主人还在重复着这个动作，似乎这一串数字能变成天梯把儿子从天上拉回来！

啥时窗外飘起了雪花。主人额上竟沁出汗珠，倚在沙发上喘着粗气，轻瞄一眼墙上的挂钟，她大惊失色——时针指在三上，分针指在四上，而红色秒针却静止不动，一颗心脏停止了！

主人晕了过去，头歪到一边，我想用双臂为她揉太阳穴，却感到钻心的疼，一只臂在主人倒下时碰在茶几上折了，我咬牙忍着疼，我愿意为主人担当这世间不可承受之痛。

把我们救醒的是电话铃声！主人拼了力气扑向它，话筒颤抖着挨近耳际，那头响起一声："妈——"主人许久发不出声来，泪水已然汹涌而出，她一手抹着泪，一手去扶我，才发现我一只臂断了，她就雕塑般扶着，让我一起倾听阿星的声音。

阿星说，妈，别怪我，飞机晚点了，中途遭遇寒流，被迫降到福州机场，到上海时整整迟了四个小时！

妈，我经历了一场生死劫难。遭遇寒流时飞机抖个不停，随时都可能下坠，乘务员阻止不了大家开手机，我的手机不小心放在了行李上，而行李却办了托运。

妈，你在听吗？接下来我要告诉您一个重要消息。与我同座的是一位上海女孩，我们在这样一个生死攸关的时刻握紧了手，用眼睛抚慰对方，用心灵虔诚祷告。她说，我母亲的在天之灵会保佑我们的。我说，我父亲的在天之灵会保佑我们的。她掏出手机，说，打个电话给你妈吧，家里电话却一直在占线。她拨通了她家的电话，听到她爸的声音时竟泣不成声。我抢过电话，说，伯父，您别担心，我会保护好您女儿的！

回到上海我送她回家，她爸握紧我的手说，你们再现了一回天上人间的爱情神话，今天我就是你们的月下老人！

妈，我喜欢阿云，阿云也喜欢我，下次一定把我的"眼镜"带回来见您！

主人流下喜泪，扶着我走到窗前，外面一片银装素裹，那张神弓早已消失，灰白的天空掠过一群哨鸽……

主人用胶布把我的断臂缠好，依然宝贝一样架在她的耳畔，她在翘首企盼北方的天空。

终于，一个红霞满天的薄暮，两个身影飘进了家门。主人看到了她的准儿媳，那位从天上飞下来的仙女，主人乐得嘴巴圈成一个圆。

阿云递给主人一个盒子，妈，送您一把水晶眼镜，您这把该换了！

主人手颤抖了一下，紧紧扶住我缠着胶布的残臂，说，阿云，我给你们讲个故事。她就讲了这篇小说的前半部分，最后说，那时我给阿星打了一百九十个电话，而我的眼镜，为我牺牲了一只臂！

阿星和阿云像观赏古董一样看着我，我却从他们的眼睛里看到了一张弓和一支箭！

老墨的风花雪月

老墨的脚是典型的香港脚，只要一脱鞋，臭味就能熏死蚊子。媳妇儿常常骂他个狗血淋头。十来岁的女儿翠媛却从来不嫌，她边给父亲洗脚，父亲边教她背唐诗。不知不觉，脚味就消失了，屋里飘着淡淡的清香。老墨说，唐诗是那飘着杨贵妃体香的牡丹，脚味自然羞愧而逃。后来他才知道，翠媛每次都在盆里撒一捧白凤仙花，滴几滴醋，这是她在书上看到的治疗脚臭的良方。

因为老墨只会唐诗宋词，而不问柴米油盐，媳妇儿跟他离了婚，还硬要把女儿带走。翠媛哭着为父亲洗完最后一次脚，就在他的宋词声中离开了家——多情自古伤离别，更哪堪冷落清秋节。今宵酒醒何处，杨柳岸，晓风残月。此去经年，应是良辰好景虚设。便纵有千种风情，更与何人说。

女儿走后，戴墨镜、拄盲公竹的老墨买了一条雪绒犬，起名媛媛。媛媛是老墨的眼睛，他的心在哪，媛媛就把他引到哪。

好几年后，老墨恋上了洗脚城。几乎每天夜里，媛媛撒下一路铃声引他到这条僻静的街上。古老的牌坊式门楼镌一联："洗净世间愁苦事，修成天上逍遥仙"。

穿过门楼，老墨总要问，小媛，认识这对联不？读来听听！媛媛就学着老墨读书的模样抑扬顿挫地高吠几声。老墨便一副私塾先生样，双腿夹紧盲公竹，俯首轻抚它雪白的毛身。

教媛媛念唐诗宋词，是老墨每天的习惯，引老墨到洗脚城，是媛媛每晚的功课。上台阶时，媛媛用爪子挠他的腿，他伸着盲公竹轻敲几下，一步一探跨上去，鼻翼就钻进了一股酥心的脂粉味。

范小姐，能腾出空否，我的脚好生惦念你啊！老墨总是很正统，叫范小姐而不愿叫她 18 号，说话也一副书生腔，尽管声音有点暗哑，小姐们总会报以一阵风铃似的笑声：嗨，老墨，娘子——等你——多时了！

范小姐飘然而至，把老墨引到里间。媛媛摇着尾巴兜来兜去，晃起叮叮当当的铃声。

待老墨坐好，范小姐为他脱下鞋袜。天生的香港脚，让范小姐鼻子受委屈了！老墨知道，他的袜子一脱，整个房间就会"奇香"无比，绕梁三日而不绝。范小姐似乎"如入鲍鱼之肆，久而不闻其臭"。不要紧的，干我们这行，已炼就百毒不侵之功，何况你的香港脚，还夹杂了书香气呢！

老墨听了一脸的享受。他仰着个脸，墨镜在灯光下变幻着影像，似乎能看透世间的一切。

洗盆、兑水、拌药粉。撒进一撮白凤仙花和滴几滴醋，这是范小姐给老墨的特殊服务。花香掩盖了脚气，轻轻地把老墨的脚放进盆里，烫不烫？老墨点点头，正好！搓揉按捏之间，一种惬意从老墨眉梢漾开。偏偏范小姐一脸坏笑，老墨，为啥天天要找本小姐洗脚啊？老墨许久没言语，要不是戴着墨镜，准看得见眼球在翻滚。但他还是使出了看家本领，民谚云："天天洗脚，胜过吃药"。南宋诗人陆游长期坚持睡前洗脚，他有诗云："老人不复事农桑，点数鸡豚亦未忘，洗脚上床真一快，稚孙渐长解烧汤。"

范小姐云里雾里，却总觉得老墨是有故事的人，心里头准有念想。但有些念想，是不便明说的。于是也使出看家本领，把老墨的脚洗成了艺术品。腹有诗书的人，脚也要留下淡淡的雅香。

可是，这个老墨，才一个白天，又在媛媛风铃声的牵引下，拖着双香港脚进了洗脚城。

那次，范小姐正掐他脚底的涌泉穴，一向规矩的老墨忍不住摸了她的脸蛋。范小姐道，想啥了？老墨脸上火烧云，忙把话题引开，说，我给你讲个典故。南北朝时的将领阴子春常年不洗脚，说，他洗脚会洗去财物，败坏事情。某日禁不住妻子的反复规劝，总算洗了一次脚。孰料不久即发生梁州之败，阴子春便终身不再洗脚。

一语成谶，这次洗脚竟成了老墨的绝句。那天深夜胃病发作，他一人出去买药。经过牌坊式门楼时，听到一伙人非礼一女子，老墨听着像范小姐的声音，便高喊："范小姐、范小姐！"手舞盲公竹竭力驱打，终因寡不敌众，连中数刀，血溅红了那副联——洗净世间愁苦事，修成天上逍遥仙。

老墨出事那晚，范小姐其实一直都在洗脚城。

她后来才知道，老墨有个女儿，已到了她这般年龄。她抱紧可怜的雪绒犬媛媛，就像闻着老墨的气息，嘤嘤啜泣，深情道：墨先生，范小姐——等你——多时了！

红桃花　白玉兰

　　张克横竖想不通，相依为命的女儿会死于一枝桃花。第一缕春风进村时，桃花就漫山遍野地开了，粉嫩粉嫩的，像在山岭上涂了一层浓淡相宜的胭脂，特别勾女孩子的眼。女儿春桃被勾上山时，既当爹又当娘的张克还在厨房里忙乎。他把刚从鸡窝掏出的蛋磕在碗里，就听到邻居一阵声嘶力竭的叫嚷，不知谁……谁家闺女……滚下山！

　　张克撒腿就跑。邻居赶到时，张克抱着春桃号啕大哭。为了上树折一枝……一枝带劫的桃花……你……你就不记得今天啥日子啊……

　　张克轻抚着春桃嘴角的美人痣，一句话当成五句说。

　　女儿坟前。张克摆上蛋煮面，说，好好吃吧，今天你十岁了，十岁的姑娘种桑麻，唱着歌儿学纺纱。张克插上一枝桃花，说，你的前世是桃花，十年又一个轮回，来生再不要许身桃花了！

　　眼泪早已哭干，张克两手叉到头发上，扯下来一撮，立马愣了，白发一夜之间爬上了头！

　　他忽然感到天旋地转，要塌天了，要塌天了，天塌下来有高个子顶着，可他张克这次却顶不住了。死爹时，他挺直脊梁顶着。死娘时，他撑起双手顶着。死妻时，他耸起肩膀顶着。可这一次，他再也顶不住了，看到满山红艳的桃花，眼里就冒星星，白天就变成了黑黢黢的夜。

　　他决定逃离古桃囤。

　　他来到了广东的一座城市，幸好这里不喜种桃花，满大街种的都是那种望春花，后来他才知道，望春花还有一个更好听的名字——白玉兰，是这个城市的市花。

　　好几年了，张克都在抱怨谁瞎编出"遍地黄金是广东"。一次在街上瞎逛，看到一朵白玉兰仙女似的从树上飘下来，他捡起闻了闻，香，钻心入肺的香！一种古怪的念头牵引他到了图书馆，翻开书一看，白玉兰可祛风散寒、宣肺通窍，能治头痛、痛经、鼻炎、皮肤真菌……

他一拍脑门，与白玉兰的一段情缘从此诞生了！

张克一早推出柜子车，车上挂个招牌：喝白玉兰，做新白领！没想到生意出奇的好，附近几个工厂的打工仔、打工妹成了他的常客，他们说喝了白玉兰配方茶，既祛病又保健，是新一代的王老吉、徐其修。

某年春节后，街上一间冠冕堂皇的店开张了，霓虹灯闪烁出"桃花源"三字。张克心里隐隐作痛，魂儿趁夜飘回了古桃囤，在漫山遍野的桃花和女儿的黄土坟之间游走。

自此他的顾客竟多了一群桃花一样俊俏的女孩子。她们像电视上走 T 台的模特摇晃着身子走来，喝完白玉兰，又摇着身子、走着猫步闪进了"桃花源"。

一次，一位胸前挂着 8 号牌的女孩急匆匆跑来，丢下一张十元钱，提了一杯白玉兰便走。张克喊，找你钱呢！8 号说，先存你那，下次还来喝！便小跑着闪进了"桃花源"。

张克记住了 8 号和该找她的钱。但一天、两天……一个礼拜过去了，也没见人影。张克心里犯急，该不会出岔子了吧？

某晚收摊时，不经意看到一女孩扶着一趔趔趄趄的男人出来，他揽腰推她上车，她没上。他张开手抱她上，她一个猫步闪开了，他扑了个空，栽到地上如一坨烂泥。她吭哧吭哧地扶起他，一口痰猛啐到她身上，车排着怒气开出一箭之地，他摇下窗往外呕了一地脏物，回头指着女孩大骂。张克揉了揉眼，是 8 号！

他提着嗓门隔老远喊，8 号却没听见，张克收拾好拉杂子便往"桃花源"走。刚到门口，被保安叫住了，摆摊的，来帮衬咱洗脚城的生意啊？

张克没听明白，一时心急把话说反了，俺找你这儿的……8 号……还钱……

还钱？你老头想钱想疯了吧？喏，门口桃花上挂的全是利市，随手摘一个，看你手气啦！

张克这才看到门口摆着两盆妖媚的桃花，满树红利市闪着刺眼的金

行走的房子

光。他说，不，我找8号！保安一阵猛吼，给台阶你不下，快滚！

日子过得忒慢。这晚收摊时，张克又看到8号扶一男人出来，他醉醺醺地推搡她上车，她没上。他死拖硬拽，她还是不上。他火了，横空劈下一巴掌，两条狗腿还往她私处踹。

张克飞奔过去，掏出一个红利市，孩子，刚过完年，这是老爹给你的！男人停了手脚，龇牙咧嘴戳着8号说，下次别让我看见你！

张克扶起她，孩子，没事吧？利市里装的是找你的钱，咱挣钱要本分！8号哭喊了一声——老爹！

张克这次看到她嘴角有一颗美人痣，他呆了，冷不丁蹦出一句，今天是你的生日，孩子！8号愕然，你怎么知道？张克再也抑制不住，泪水簌簌滑落。

他不知道，这个8号叫董玉兰。而董玉兰也不知道，张克身后的玉兰树下正燃着三柱檀香，摆了一碗蛋煮面，还插了一枝桃花……

# 水写兰亭

　　这是一座城。占地千余亩，起楼百余栋，栖居万余人。葳蕤绿盖，鸟雀天堂；簇拥花锦，蜂蝶寓所。更有亭榭照水，曲径通幽，蛱蝶穿兰，小桥横舟……

　　然，晨起于雾霭流岚，匆匆步履于瑶池仙境迈出，走过门口偌大一个广场，便如投胎之人急急遁入尘世。稍有闲心之人蓦然回望——富丽城邦！

　　步履闪入周遭一个个城。工业城，商贸城，电脑城，购物城，珠宝城，美发城，洗脚城……至余晖漫洒，匆匆步履拖着一个个疲累的身影，蹀回安身立命之所。

　　就在这众鸟归飞时分，广场上走来一老者，左手提一小圆桶，右手握一提斗毛笔。选一处鲜有人迹之地，高挽袖管，气运丹田，目无旁物，悬肘提笔。以广场为纸，以清水为墨，一口气哈出，只见笔走龙蛇，矫健多姿，疾时穿云破雾，缓时探步幽林，繁密则一衣带水，疏朗则长虹飞渡……

　　身影穿行，步履疾飞。但还是有步履徐来，立于书作前敛声屏气，凝神静观。大多嗫着口如看天书，俄顷搔头移步。有好事者轻问老者，岂知老者正入状态，一副金刚罗汉貌，哪里会答理凡尘之事？于是，观者前脚来，后脚撤，如水写书法，后文刚见湿渍，前文已干无影迹。

　　写至第三遍时，有声如银铃响起，仿若天籁：永和九年，岁在癸丑，暮春之初，会于会稽山阴之兰亭，修禊事也……老者心弦一动，蓦然抬头，见一瘦削少女矜持而立，投来歆羡目光，脸含清纯笑意。老者也报以一笑，俯身继续搦管游走：群贤毕至，少长咸集。此地有崇山峻岭，

茂林修竹；又有清流激湍，映带左右……

挥手之间，一篇《兰亭序》浑然天成。这座富丽城邦就有了自己的传记，也有了来自东晋的氤氲之气。但滚滚红尘，利来利往，闹市幽兰，有谁能识？眼前这个小女子，分明就是知音，所谓古风新韵，恰合艺术之流！

因此，当小女子递来一瓶水时，他欣然接了。因此，当小女子恳求教她写兰亭时，他没有摇头。

她的家在城邦，是一栋三层别墅。家居之豪华安能容书法之清苦，从来习书者皆为苦行僧！但连日来小女子的表现却消除了老者的疑虑，她极为用功，且天资聪颖，书法功底厚实，是可造就之材。老者好生欣喜，娓娓道来——《兰亭序》乃天下第一行书，尽展王羲之书法委婉含蓄、遒美健秀之特点，动如脱兔，静若处子，矫如惊龙，飘若浮云，君子行止而玉树临风，品性淡雅而藐视庸常……

小女子听得如痴如醉，也将对兰亭的炽爱化为笔下风云——提按轻巧，侧笔取势，粗细徐疾，俯仰生情，欹斜偏侧，参差错落……

一番血火淬炼，小女子更瘦了，面如刀削。在老者看来，她已化身为兰亭序里的某一字、某一笔，看似无奇，却见风神。老者见时机成熟，便引着小女子走出书房，提一小圆桶，握一提斗毛笔，把富丽城邦门口的广场当考场，来来往往的过客都成了考官。老者听到一些声音说，咦，这不是工业城邵老板家千金吗，没想到，她的字如此带劲哩！是啊，邵老板身家上亿，还不如这个千金金贵呢！

老者每天上午教小女子习字时，还真没见过她父亲，他也从不打听，现在听到工业城和邵老板两词，双眉紧蹙，若有所思。写完一桶水，便对小女子说，你如池莲，出淤泥而不染。兰亭与你乃一段奇缘，你已领悟个中道艺，持之以恒，必成大器。茫茫人海，你能结识老夫，也算一种造化。日月轮转，相逢总会有期！小女子无论如何也挽留不了师傅，恳求他留下一幅墨宝，老者挥毫写下四字：清雅兰亭！

小女子日日寄情兰亭，身子越来越弱，恰如风中瘦兰。当她写完最后一幅《兰亭序》时，也走完了年方十六的人生路。她身患肺癌，医生早在一年前就已下了死亡判决书，但因写兰亭，竟使她的生命延长了一年多。

　　她的父亲，那个财大气粗的工业城老板，也是富丽城邦的地产商，丧女之痛，锥心刮骨，后悔工业废气断送了女儿。他下了狠心，把富丽城邦更名为清雅兰亭，那四字，正是老者的墨宝！门口的广场上，砌一书法屏风，那是小女子最后一幅兰亭序。而小区里的景点，悉数改造成了鹅池、兰亭碑、御碑亭、曲水流觞、兰亭古道……

　　整座城，因兰亭而重生！

 # 长哞的爱

　　很是奇怪，尹老汉老伴走的那晚，家里的牛犊就出生了，送旧迎新，忙得一团糟。出殡时，牛犊悲怆地长哞一声，捆在棺木上的还魂鸡也朝天长鸣，众人心里起了波澜，这是一条有灵性的牛。

　　牛圈跟尹老汉的卧室仅隔着一堵土墙，这是牛犊出生后他特意把隔壁柴草房改造成的。一听到牛犊的低哞长唤，好像老伴就在身边。尹老汉用篦子梳它的卷毛，怕虱子藏身上吸了血。用温水帮它周身擦洗，寒夜里还用被子盖它身上。拉粪时便用木桶装着，生怕弄脏了牛圈。老伴生病那阵，他就是这样照料她的，吃怕噎着，睡怕冻着。

　　老伴临走前说，俺来世就是变成牛，也要护着你们爷儿俩！尹老汉跟她感情笃实着呢，就是人太实诚。儿子阿蚤被她宠坏了，身沉手懒，三十上了还是光棍儿一个。

　　这阿蚤，是娘头顶的星星和月亮，捧手心怕掉了，含嘴里怕化了。还小时，娘去侍弄庄稼，他也闹着去。走路又怕他摔着，就抱他坐在畚箕里，另一只畚箕装了牛粪，咿咿呀呀地挑肩上，牙关紧咬。穿开裆裤的小家伙却站起来掏出小鸡鸡拉尿，在路上画长蚯蚓。还嬉皮笑脸跳起了舞。娘不停地换肩挪扁担，忍着疼痛说，跳吧跳吧，别摔着啊！

　　村前有个草坝，小孩子一放学就去那放牛，阿蚤也去。大伙都是牵着牛绳边放边玩，阿蚤不，把绳子缠到俩牛角上，逮了个同伴跟他玩赌扑画。结果牛跑去吃了一大片庄稼，被人扣下了，而扑画又全输给了同伴。大伙都牵着牛陆陆续续回了家，阿蚤却牛桩一样杵在那。远远听到娘拖长了声音喊——阿蚤，回家吃饭喽！阿蚤，有你爱吃的韭菜煎蛋，快回家来！

自家的老母牛也长哞了一声，娘就听出来了，赶来跟人家说了一箩筐好话，应承收稻时赔一箩谷，才把牛牵了回来。娘没打阿蚕，却把老牛打得哞哞叫，说，叫你这畜生贪嘴，撑烂了肠肚，连累得俺阿蚕还饿着！

阿蚕就是这样被娘宠着，初中没毕业便待在家，整天跟村里一帮赌鬼厮混。欠下一屁股债，就骗娘说要去参加就业培训，娘听了当然高兴，粜粮卖菜给他凑钱，自己勒紧裤带过日子，便患下了胃病，后来恶化成了癌。

娘走后，阿蚕还是死性不改。村民就对尹老汉说，快给他讨个媳妇儿，有家了，心才能拴住。尹老汉便托人说亲，不是人家嫌他，就是他埋汰别人，最后凑合着娶了个二婚的。

过日子就是柴米油盐，阿蚕却是白板红中发财，把日子耗在了麻将桌上，媳妇儿常拧了他的耳朵，拖到庄稼地里。这阿蚕，油腔滑调地哄媳妇儿，这庄稼都跟女人亲哩，只要是女人侍弄的长势忒旺。以前娘从来不叫俺掺和，说男人总是粗手粗脚，不知道疼庄稼。又说，俺不疼庄稼，就疼媳妇儿你哩！

媳妇儿扔过来一坨泥巴，啪地打在他背上，画了个句号。吼道，疼俺就快下地，俺不是你亲娘是你的皇后娘武则天！

阿蚕有娘的时代结束了，进入了妻管严时代，只得乖乖下了地。

家里的老母牛让牛场买走了，这牛犊正是长膘的时候。尹老汉牵了牛犊满青草地啃，在一旁看到这幕，心里开了花，这臭小子，就得有媳妇儿管着。眼看着阿蚕躬在田里受累，牛却长哞一声，用嘴拱尹老汉，一直把他拱到了庄稼地里。尹老汉就懵了，这牛在护着阿蚕啊，见不得他面朝黄土背朝天地遭罪。

一次，地里收了玉米，尹老汉自己挑了满满一担，叫阿蚕背一袋。见媳妇儿也挑了一担子，不得不咬牙背起。刚上肩，那牛就走近来，低哞着，用嘴咬着麻袋不放。尹老汉说，这牛跟你娘一样护你，叫你把麻袋放它背上呢！

这阿蚕不知是啥命，娘死了还有牛来护着。但是，他在麻将桌上赌牌，牛就是想护也护不着，便输得落花流水。

他不敢向媳妇儿讨钱，倒去向爹伸手，尹老汉给他个驴脸。阿蚕知道，爹把钱都存家里了，趁他去放牛，把房间翻了个遍，愣是没个影儿。倒是看见土墙裂了不少缝，虽然大缝用白纸塞了，但还是能看到牛圈里的干稻草，一股牛粪味顺溜着冲进鼻子。

日子有一搭没一搭地过着，尹老汉的身子一年不如一年，终于躺在床上没起来。临走前，嘴翕动着，却没说出话。

尹老汉出殡时，牛也是悲怆地长哞一声，一村子的人都落了泪，阿蚕却连泪星儿也没见着。

整理遗物时，阿蚕心想，爹应该是存了钱的，却怎么也找不到。这时隔壁牛圈里传来啪啪的声响，走去一看，牛正使劲甩着尾巴拍打土墙的裂缝，好几个白纸包掉了下来。

打开一看，全是钞票，整整有两万多元！阿蚕揣了就走，媳妇儿高喊，又想拿去赌博了！牛一反常态，仰天一声愤怒的长哞，鼻子喷着粗气，四蹄飞扬。阿蚕见状狂跑，牛呼呼追赶，全村人都在看着这场罕见的人牛赛跑。

阿蚕到底被牛撵上了，尾巴一甩，兜里的钱就落地上了。牛出生以来阿蚕头一次看到它尾巴下的黑坨肉，忽然大喊，原来你跟俺娘一样，是母的啊！

天堂在下　地狱在上

　　没想到，母亲走了。没想到，泪还没干催命鬼科长就来电话了，催着要这个月的空气污染指数报表。没想到，拖着脚步上了环保局二楼，同事说你的办公室两天前搬十八楼了。没想到，没想到，万万没想到……

　　小唐一脑子糨糊，电梯时空隧道一样穿越，仿佛从地狱穿越到了天堂。

　　一坐下，就看到天堂美景。高楼呼啦啦挺立眼底。晕乎乎的小唐却想到了幡，母亲出殡时的幡，一张张，呼啦啦，呼啦啦，风中唱着挽歌。那天阴霾为母亲拉上了人间的帷幕。

　　窗外，以前仰望的摩天大楼外贸中心、金融大厦、凌霄观景台，成了伸手可摘的星辰。但母亲出殡那天的阴霾又罩了过来。出于职业敏感，小唐马上意识到对流层的大气异常浑浊，这基本成了骆城的主流，其元凶就是遍地开花的工厂。当老师的母亲生前说，上班时吸粉笔尘，下班后吸工业粉尘。没想到母亲年老后患上了肺癌，医院拍出的CT片就像这灰霾天。

　　正埋头做报表，窗外轰隆隆响。一滑翔机顶着个大红伞出现在高楼间，大伙如看外星人一样瞪圆了眼。机声越来越响，滑翔机飞到了窗口，伞上赫然写着"热烈祝贺世纪大厦即将封顶"。

　　世纪大厦可是骆城的第一高楼，共70层，高300米。它就在小唐单位旁边，这成了他们炫耀的资本。

　　小唐实在太困了，靠着椅背打盹。突然一声尖叫，大伙吓破了胆。他说，看见母亲了，脸贴玻璃上，蓬头垢面，满身尘土，哑着嗓子对我说，俺不上天堂去，还没到半路，经过你单位，灰尘和噪音咋恁大，差点瞎了眼聋了耳，你替俺把身子擦干净，俺要下地狱！母亲见我没反应，就伸出拐杖狠敲我脑门，这不，还麻麻疼呢！

大伙汗毛直竖，耸耳一听，果然比二楼噪音更大，车流声、打桩声震动耳膜。抹一下桌面，满手乌黑。天哪，桌子早上才擦的，真见鬼了！

小唐病倒了，在医院住了两个礼拜。出院后请了和尚为母亲超度，行三跪九叩大礼，直到把母亲魂魄送上了天堂。

一天中午，小唐伏桌面睡午觉。忽然又是一声尖叫，大伙全吓醒了。小唐只得解释，又梦见母亲了，她老人家说天堂到处在造高楼和工厂，灰尘呛鼻子不说，晚上还吵得睡不安生，你这不孝子咋送俺上天堂来，俺这肺癌咋好得了，俺要下地狱！说着朝高楼顶的塔吊甩了一拐杖，楼下有人就被砸死了。

这次，大伙将信将疑。怀疑的就说小唐你出问题了，快找大夫去。信的就说小唐快找那和尚去，你肯定得罪他了。

轰隆一声巨响，大楼晃了一下，不知谁大喊，地震，快跑！

大伙呼啦一下拔腿就逃，可是三部电梯全满员，有人就打开了楼梯间的门，人群如泄洪之水，有被撞倒的，有被踩疼的，一片哭爹骂娘之声。

楼下停车场挤满了蜂群似的人，嗡嗡哄哄。几辆救护车和警车鸣着警报器亮着警示灯驰向旁边的世纪大厦。大伙围前去，原来"震源"在此——正在顶层施工的塔吊突然坠落，砸死了楼下一名建筑工。

小唐揩了把冷汗，想起母亲托的梦，难道世纪大厦的塔吊坠落与母亲那一拐杖有关？

大伙事后一想，就怕了小唐，说他鬼魂附体，得提防着点。

眼看就到清明了，礼拜六那天，喝得醉醺醺的小唐到祭品店买了些物件去祭奠母亲。这时接到科长电话，叫他回单位把这个月的空气污染指数报表给他传真一份。他就掉头去了单位，迷糊着把祭品也带上了办公室。

刚传了报表，窗外就机声轰鸣，一滑翔机又顶着个大红伞，上写"热烈祝贺世纪大厦隆重开业"，在一张张幡似的高楼间游走。酒醉中的小唐晃荡着打开窗，朝司乘员招了招手，喷着酒气说，你……你从天上……来吧，帮我……把……把这东西……捎给……母亲！司乘员接了去，幽灵似的飞远。

这祭品里有最新出品的全自动除尘器、无线耳麦，还夹了张这个月的空气污染指数报表。

当然了，这张报表是应付上级检查用的。他要告诉天堂的母亲——玉宇澄清万里埃！

 # 龙女怨

林小雨 13 岁了，快到花季雨季。生日那天，没有人送花给她，倒是上天送来了一场绵绵洒洒的春雨。这是宿命，还是诅咒？

林小雨的名字，与一场雨有关。她出生那天，白天还是暖阳如照，母亲脱下名贵的皮草，在院子里踱着三寸金莲，手轻轻地在大肚囊上摩挲，嘴里哼着她爱唱的黄梅戏《龙女》：出龙宫采鲜果为父王祝寿，人间景诱我心趁机遨游。却为何不见景色秀？一抹衰黄染田畴……

薄暮时分，母亲再踱出院子时，绣花针一样的雨就飘了下来。母亲还没来得及加衣，肚子就隐隐作痛了，开始是痛一阵，缓一阵，之后痛的频率越来越密。男人电话里说马上回来，等来的却是他的司机，说突然来了一个大客户，老板谈完事就赶来。

男人赶到医院时，母亲轻抚着刚出生的女儿说，这可是龙女啊，我唱了《龙女》后，雨就下了，雨一下，我的肚子就疼了。男人看着窗外纷纷扬扬的春雨，喜道，春雨润如酥，我们就叫她小雨吧。

取这个名字，父亲是有他的用意的。小雨是他的吉星，她出生前来的那个大客户，已跟他签下了 1000 万的订单。自己的生意正是夜雨润花之时！

小雨什么都好，就是泪水像雨水一样多。俗话说，春生女，爱哭鼻，真是一点不假。为了逗女儿，父亲买回很多玩具，用母亲的话说，小雨的玩具囊括了水陆空三军、春夏秋冬四季、金木水火土五行，但小雨最喜欢的却是那个纸做的小风车。

小雨一哭，母亲就把她抱到阳台上看风车转，有时没起风，母亲就用嘴轻轻吹，小风车一转动，好听的歌儿就从母亲嘴里飘出来：大风车

吱呀吱地转，这里的风景呀真好看，天好看、地好看，还有一群快乐的小伙伴……小雨的哭声立马就止住了。

在她生命中的第二场春雨来临之前，小雨成天都是浸泡在蜜糖中的小龙女。

2008 年，也就是在她 11 岁生日那天，也凑巧地下起了雨，开始温柔得像棉絮，忽然就打起了闷雷，刮起了狂风，春雨摇身变成了夏雨，箭一样反常地欲射穿地面。小雨第一时间就想到了小风车，她跑到阳台，可惜已经迟了，风车遭了雨箭的蹂躏，杆子已折，风轮脱落。

这让小雨伤透了心。从出生开始，阳台上的小风车就成了她的"娃哈哈"，风轮一转，她的樱桃小嘴就笑开了。嗷嗷待哺时，嘤嘤哭泣时，牙牙学语时，摇摇学步时，母亲抱着她看风车，她就会得到一种神的力量，她就能轻易地跨过成长的每一道坎，一直出落成现在这个水灵灵的小雨。

上了学后，父亲说，都长这么大了，还玩小风车！她告诉父亲，她在书上看到：东南方为旺财位，宜摆放风车、水晶球催财。我们家阳台正好是东南方，挂风车能给爸爸带来财运哩！父亲听了，自然很受用。

现在风车被雨淋坏了，小雨急得直跺脚，她想去找妈妈，但从房间传来那首熟悉的《龙女》：云洲风物已非旧？枯叶干果悬枝头，忽听鼓乐迎风奏，铿锵声中含哀愁……

小雨就去拨爸爸的手机，但很奇怪，这次竟然没接，吃晚饭也不见回来。妈妈也急了，打了十几次电话都不接，直到深夜 12 点，爸爸才一脸疲惫地走进家门，气急败坏地说，工厂倒闭了，得赶紧卖掉别墅发工人工资。

等母亲反应过来后，啜泣着说，你傻不傻啊，房子卖了住哪？现在有多少老赖不给工人发工资！

父亲一咬牙说，咱不做昧心事，卖，明天就卖！

小雨一家就这样搬离了别墅，在一偏僻处租住了阴暗的房子。后来小雨才明白，是突如其来的金融风暴袭击了父亲的工厂，为了筹集工人工资，父亲不仅卖了别墅，还欠下了高利贷的借款。

转眼就到了小雨的 13 岁生日，这天也奇巧地下起了绵绵春雨。她望着天空发呆，小雨，林小雨，天街小雨润如酥，草色遥看近却无，有谁会记得你的生日！

爸爸常年在遥远的城市跑保险业务，一年到头才回一两趟家；妈妈自从爸爸的工厂倒闭后，人就变得沉默寡言……

这时，房门敲响了，林小雨吗，你的快递！小雨接过纸盒，是小风车！还有一封短信：小雨，这些年让你和妈受累了，爸在外挺好的，等还了那些债，爸还给你们买别墅！今天你生日，爸送一个你最爱的小风车，风轮常转，它会给我们带来好运的，只要我们心里有春风！

小雨眼睛湿润了，她把风车挂到东南方的窗台上，风轮就呼呼转了起来。这时，母亲房里悲悲凄凄地响起了那首黄梅戏：出龙宫采鲜果为父王祝寿，人间景诱我心趁机遨游。却为何不见景色秀？一抹衰黄染田畴……

酒　驾

是稻花香把我带回家的，还是我把稻花香带回家的？只记得躯壳在车上颠簸，躯壳里的心却早已飞回了家，巴望脚下装个风火轮，转眼间就能见到祖父。

祖父时常唠叨，祖祖辈辈怎么都跟大山结了怨，举着羊镐修理地球？我记住了这个"家恨"，卧薪尝胆，破釜沉舟，成为家族中第一个跳出农家门的城里人。

这是我到城里工作后第一次回家，新嫁娘似的，有点腼腆，脸上挂个哭相，心里却在笑。第一次回"娘家"不能空着手，我就掏五十元买了一瓶稻花香，算是给祖父的礼。

祖父没啥爱好，就两样，喝酒，看书。推开门，祖父正抿着小酒，手里握一本《菜根谭》。祖父看到他的骄傲出现在眼前，喜得咕噜吞下满杯。当稻花香出现在他眼前时，他颤着手，说，还没喝过这么好的酒哩，来，咱爷孙喝一口！一口一口接一口，结果两人喝了大半瓶。我长这么大喝的酒加起来还没这次多，还是第一次空着肚子喝，我扑通一声倒在了祖父床上。

这大伢仔，特不禁折腾，俺喝了一辈子还不知道醉字怎么写呢！等我醒来后，没想到祖父也躺在了床上。

他事后说，俺原来就喝了上斤，两种酒在肚子里练摔跤，结果把俺摔床上了。

在我记忆中，祖父确实没醉过酒，这次是他酒史上破了记录吧。还有一次醉酒，是他弟弟——我叔公病得快不行了，他提着那瓶喝剩的稻花香去看他。他知道，叔公爱喝两口，平日喝的都是自家酿制的米酒。趁着他还能喝，让他尝尝大伢仔孝敬俺的好酒。

就那半瓶稻花香，兄弟俩从日出东山喝到大雁西归。祖父噙着泪问叔公，还有啥事放不下？叔公巴着眼，就一个，俺们打小没出过山门，想到城里看看，俺一只脚已进了鬼门关，盼不上了，你就替俺去还了这个愿吧！

祖父挂着个关公脸，高举瓶子往嘴里倒进最后一滴酒，仿佛一即将出征的壮士，气壮山河地说，老二你放心，明天就叫大伢仔接俺进城，叫他多拍照录像，把城里的新鲜事都给讲一遍。你可要挨到后天啊，俺后天就回来给你讲！

祖父从叔公家返回的路上，走得东颠西倒，像打着醉拳，要与这结了一辈子怨的大山作个临别比试。明天，俺就要踩着你的肩、踏着你的脊走出去，到俺大伢仔城里，听说那高楼比你还高，那汽车比你身上的甲虫还多，还有，那酒比……

嘎！一阵摩托车急刹声过后，祖父倒在了地上，两腿再也抻不直。

那个肇事者跪倒在祖父床前，一副任剁任剐的熊样，大爷，我喝醉了酒，没看清就……

祖父喷着酒气，厉声道，醉酒怎么还开摩托呢，你这叫酒后驾车！

心肠软的祖父一琢磨，那天自己也喝醉了，偏碰上个酒驾的，这叫不是冤家不聚头啊！

祖父没再跟他费口舌。但遗憾的是叔公的凤愿成了空，断了腿的祖父再不能亲自到城里一趟。

叔公咽气的那天，眼睛不肯闭上。祖父托我去他帐前解释了一通，还叮嘱他到了那边喝酒甭过量。

不久，祖父也去了。我在他的灵柩里摆了一瓶稻花香和一本《菜根谭》。

出殡那晚，祖父托了个梦给我：

大伢仔啊，我总算去了趟城里了，到了那边也可以向你叔公交代了，但城里怎么忒多酒后驾车的？我坐那车打城里经过时，路边停了好多车，警察让车主一个个吹气，一半以上都被扣了，我很担心自己，他们却没理我。俺知道大伢仔孝顺，你送俺的那瓶稻花香，俺还是等他们查完酒驾再喝吧。还有，你以后喝了酒，千万别开车啊！

我在梦里大哭，是我的那瓶稻花香害了祖父，我怎么在祖父去那头时还送他一瓶呢?!

抢炮头

正月二十清早，一阵炮仗声炸得山响，王茄子睁开眼，往婆娘屁股上一拧，睡塌天了，叫你早点叫俺，炮头都让人抢了，你就成不下蛋的抱窝鸡了！

婆娘翻身起床，急急拿了衣服给王茄子穿上，跑厨房拣了两块糍粑，往王茄子嘴里一塞，推着他出了门，竖起大拇指，嘴里呀呀直叫，举起双手往空中一跳，好像抓住了什么，却啥也没有。

死婆娘，你抢去啊，别在爷面前瞎起哄！王茄子在炮仗声中一瘸一拐走了。

婆娘乐呵呵地傻笑，看着王茄子把路踩成一高一低的跷跷板。

王茄子赶到祖屋时，里三圈外三圈围成了一堵堵人墙，地上撒满红得刺眼的炮仗花。还好，抢炮头还没正式开锣。王茄子感觉像踩在红地毯上，他要抢到今年的炮头，好延续香火，给列祖列宗一个交代！

王茄子抢过几次，可腿不如人家快，就差那半步。哎，这炮头还真有个准头，前年、去年没抢着，那婆娘还愣是不下蛋哩。俺这次豁出去了！

锵咚锵锵，锵咚咚锵！锣鼓声一停，村长就扯着嗓门宣布抢炮头开始。人群鸦雀无声，村长扬起手捏着一个指头大的竹炮头，众人眼都直了，好像那是一颗太上老君的仙丹。

随着"嗤"的一声，引线一点一点燃尽，众人大气不敢喘，早有人躬起腰，猫着腿，作志在必得的起跑状。砰！炮头神舟七号一样升上了空，一个个抬头望"月"，月宫里有嫦娥、有玉兔、有黄金、有印玺、有牛市、有宝马、有不老丹……

王茄子除了要儿子，啥都不想要。

他头仰着，腰猫着，腿颤着。下了！下了！一片欢呼声撞击着王茄子的耳膜，他激动得大嚷，儿子！儿子！

三十米、二十米、十米……一双双手举成了森林，把王茄子掩盖得严严实实。他高嚷着"儿子，爹这边来"，眼看着"儿子"就要落入他人之手，王茄子不知哪来的劲儿，一个箭步冲上去，却冷不丁横来一条腿，哎哟！王茄子摔成狗趴式，脸上擦了个大印章，痛得哇哇叫。

第二个炮头点燃时，王茄子扎紧了裤腰带，把裤腿捋得老高。

下了！下了！王茄子像村长一样扯高嗓门，王鸿升，王鸿升，爹这边来！

这次，王茄子干脆把儿子的名字都叫了出来。这名字可是昨晚跟婆娘想破脑壳才定夺的。他们为了欢庆还在床上狂风骤雨，以致体力透支睡过了头。

这王茄子，到底是腿缺了筋还是体力没恢复，"儿子"还是给人抢走了。

第三个点燃了，王茄子咬紧牙关，心里道，好汉不过三皮锤，这次跟他们拼啦！

"砰"一声，王茄子的心跟着升了空；下了，下了！王茄子的心也在下落、下落……

只听"扑通"一声，王茄子跳进了门前的泥塘。这一声炸得众人傻了眼，这王茄子，真不要命啦！

王茄子变成了泥猴子，一脸的黑泥巴，只有那露出的牙齿白得雪亮。瞧他，傻呵呵地笑着，手里死抠住那个竹炮头！

婆娘从人群里冲出来，拾了根长竹竿把王茄子拉上岸，晃出大拇指，嘴里呀呀直叫，举起双手往空中一跳，把竹炮头紧紧抠在手里。

回到家，王茄子才发现，戴在手上的银镯子没了。趸回去把泥塘搅成面糊糊也没找着，他一屁股坐下去，完了，家里唯一值钱的镯子没了……

那一年，婆娘生了个大胖小子。村民们说，王茄子，打了个响炮，明年抢炮头时要在祖屋摆三牲谢礼啊！

　　王茄子一口一个要得，心里却犯嘀咕，俺这崽子是用祖传镯子换来的。哎，丢了镯子，来了儿子，扯平了！

　　转眼间，王鸿升四岁了。

　　这年正月二十，崽子坐在老子脖上看抢炮头。人山人海的，王茄子看了就怕，王鸿升却很好奇，像当年的王茄子一样，把手伸得老高，王茄子死也不让他下地。

　　又一个炮头升空了，王鸿升说，爹，你钱包掉了！

　　王茄子一惊，赶忙把崽子放地上，一摸，包没丢，崽子却跑了。

　　"扑通"一声，一人跳进了泥塘，众人惊呼！王茄子说，有种，长江后浪推前浪！忙瘸着腿跑前去。

　　王鸿升，你这小子，不要命啦！王茄子没想到崽子演绎了自己当年的壮举。

　　一身泥巴的王鸿升高举起两手，一手拿着竹炮头，一手拿着银镯子！

苦艾香

门前的菜畦冒出新绿，那是母亲种的家艾。她说，夏秋转季节容易风寒咳嗽，艾煮鸡蛋是上好的药方。挥臂洒下一瓢水，忽然屋顶乌鸦聒噪，母亲忙操起扫帚驱赶：老鸹子，呱呀呱，火铳一响脑开花！三两胡椒四两姜，炖得老鸹喷喷香……

那晚忙完家务，母亲在菩萨面前焚香作揖，猝然肚子绞痛。咬牙插好香、点了烛，母亲倒在床上，片刻硬撑着起来，拧响那个佛经音乐盒。经声佛号如一泓清泉沁入脏腑，痛，减缓了几许。但香灰"噗"地掉落时，剧痛重侵，母亲满头密密的汗珠，爬起床，双手合十跪倒在菩萨面前。前世的冤孽今世还，今世的修行百道关。

母亲用佛的旨意强忍了十来天，竟连父亲也瞒得严实。直到某晚我梦见母亲腹痛，打电话回家时她才如实说。我叫父亲赶紧带母亲住院，便马不停蹄赶回三百公里外的老家。

医院，打着点滴的母亲刚睡着。闭合的双眼掩不住她一脸的倦容，额上的皱褶，深陷着母亲踏尽蹇涩的履痕，走过风和雨，走过冰与火。曙光初现时，却猝不及防地下起了这场霜雪，覆盖了她未及花甲之年的岁月。

医生说，病因未明，须再作检查。我带着母亲去了 CT 室。母亲说，这是啥地方，俺心里发麻！我说，妈，甭怕，这是佛祖施法所在，佛祖要用灵光治好你的病！

母亲信了，乖乖地躺到扫描床上，CT 机有一个圆形的探测圈，母亲当然以为那就是佛祖的法轮了。

走出 CT 室，母亲抚着肚子，剧痛又侵袭了她。儿啊，俺得的啥病？

不能治咱就回家吧，别糟蹋钱！我说，妈，菩萨显了灵，再难的病都能治好！

拿到 CT 报告单时，我才知道医院的文字是水火无情的，母亲平生第一次住院，医院就给了她这样冷酷的定论！我感觉天要塌了，地要陷了，还听到了大厦倾倒的巨响，比"5·12"还要惨重的大地震在我的生命里轰然来临……

但我和家人在母亲面前异常平静，因为母亲信佛，佛是不喜欢大悲大喜的。我说，妈，你得了胃炎，这是一种慢性病，要慢慢调养。母亲说，那咱回家吧，医院每天近千元的费用，咱担待不起，再说回到家俺每天烧香念佛，菩萨会保佑俺哩！到底执拗不过母亲，我们穿越喧嚣回了家。

医生也说，像我妈这种病，住院只是一种心理安慰。我知道，母亲的安慰不在医院，在她的香烟梵经里！

一回到家，母亲就忘了痛，操起水瓢浇淋门前的艾。艾绿转眼就浓郁了，水灵灵的叶片欲语还羞。母亲说，秋天快来了，看着艾一天天成熟，娘心里就踏实了！旋即拿起拖把，卖力地书写一个个大写的"家"。三十多年来，为这个家，母亲从青丝熬成了霜鬓，从记取二十四节气到深昧稼穑艰难，不管生活以怎样狰狞的面孔呈现，母亲总是用菩萨的宽容和慈爱去化解。

没想到，有眼无珠的病魔缠上了母亲，折磨得她痛不欲生，但她用过人的意志强忍着，不到迫不得已时绝不轻易喊痛。母亲心中有佛，佛赐给她一种神奇的力量，与病魔作歇斯底里的较量。

门前，艾又长高了一茬，而母亲却瘦削了一圈，走路拖移着脚步，吃饭时双手颤抖不停。但她依然每天给菩萨上香，哪怕再痛，她也咬紧牙关，用信念去平定抖动。净了手，作了揖，念了佛，把檀香和蜡烛稳稳地插进炉里，让一片祥光照亮黢黑的夜。

音乐盒飘出绵醇古旷之音，果能清净六根，但它却不能阻止母亲综合征的频发——咳嗽、盗汗、便秘、呕吐、水肿。

母亲吃得越来越少，先前能喝一碗稀饭，后来是半碗，末了竟滴水不进。但她硬撑起身子骨，一摇三晃地挪移到菩萨面前，净手焚香，拱手作揖，每天如是，未曾间断。

那晚母亲气息奄奄，握着我的手，儿啊，娘这个坎过不去了，俺早知道自己得了肝癌，你们好心瞒着，但俺偷看了 CT 报告单，俺识几个字，娘也在瞒着你们。俺今年 58 岁，走到头了。发病至今，娘在菩萨面前烧了 57 支香，这第 58 支香，你就替俺烧吧！

我烧完最后一支香，母亲便魂归天堂，活像一尊菩萨，安详，宁静。我拧响那个佛经音乐盒，让经声佛号伴随母亲一路走好。

农历九月二十九日——母亲出殡那天——正好是我的生日。我送母亲的遗体去火化，在烈火焚烧的刹那，我看到了一只涅槃的凤凰，母亲又得以重生！

补记：下了入秋的第一场白霜，门前的艾终于成熟了，我做了艾煮鸡蛋，全家细细咀嚼着母亲一生的甘苦和仁慈。我采了几把送到檀香店，嘱咐师傅用艾草熬制一扎香。在菩萨面前虔诚地点燃，袅袅香烟，直透云霄。母亲在天国闻到艾香，该能看见人间烟火，从此远离病痛了吧？

捕风捉影的爱情

镜头一：捕风的日子

踏出厂门时，林和眉看到两只老鼠吱吱钻出墙洞。他们扮个鬼脸吱了两声，老鼠一样潜进附近的小区，转眼便胶在了绿叶婆娑的凤凰树下。

这里成了他们耳鬓厮磨的伊甸园，正要那个，眉说，这鬼天气，烤炉一样，一丝风都没有。林说，这简单，我把风唤来！眉说，瞎说，风又不是你家养的。林说，风比我家养的还听话，我叫来了今晚你得听我话哈！眉把眉一拧，除非你把风叫来！

林撮了口，吹起一声脆响的口哨。一会儿，凝固的空气果然被冲破了，凤凰树窸窸窣窣摇响起来，身上像泼来一瓢水，凉飕飕的。眉跺了一下脚，真来啊，风怎么就听你话呢！林说，傻丫头，你吹一下，风也会听你话呀！

眉也撮了口，口哨响起。果然，轻柔的风拥吻了他们，林顺势把眉拥进怀里……

又一晚，他们从燠热的车间潜入小区，依然是桑拿天，林如法炮制吹响口哨，如水的凉风如约投怀送抱。林拥着温柔的眉，说，你是画眉，我是树林，画眉是树林里的歌唱家。眉远远看到一个少妇牵着狗走过，忧郁地说，我不想待在四面来风的树林里，我想做一只爱上笼子的画眉，闲闷了就牵条狗出来走溜儿。林说，总有一天，我会买一只大笼子，还有一条爱上画眉的杜宾犬！

镜头二：捉影的暗夜

林后来升了采购经理，眉当了厂里的 QC。不到两年，他们就在那个小区买了一套大房子，画眉终于有了自己的笼子。后来的后来，眉厌倦了这份工作，索性辞了工，做起了养尊处优的宅女。再后来，林送给眉一条名贵的雌犬，眉常在夜里牵着它到小区走溜儿，每次必去她跟林当初的伊甸园。坐在凤凰树下，眉美美地想，面包和牛奶都有了，日子就像风，真听人话！说完，她吹了声口哨，风水蛇一样缠向她的酥胸玉怀。

林子大了，什么鸟都有。当眉宅在笼里时，外面的树林飞入了比眉更漂亮的爱情鸟。这只鸟，最终没有逃过眉的眼睛，谁叫她做过 QC 呢。

到了晚上，眉就牵出那条雌犬，来到他们当初的伊甸园。她手里握一把红外线手电筒，红外线把狗的眼睛灼得通红，当它的眼里亮起一根钨丝时，眉猝然把电筒划开去，狗就风一样追过去；猛地划拉到这边，狗又舍命奔过来。它的眼里只有那根红外线，仿佛这是一条可以主宰命运的生命线，离开它，狗的生命就会终结。狗一下子变成了狼，勇猛地追逐红外线。划过去，它便飞奔而去；划过来，它便御风而来。就在狗快要扑上目标的当儿，眉一咬牙把红外线锁定在树上，狗张开血盆大口狠狠地咬住了树脖子。

眉奖给狗一块肥肉，狗跑得更快了，来去如风、如电、如鬼魅。

眉每次都准确地用红外线锁定树的一个位置，那个位置，差不多就是一个人脖子高的部位。

一个月下来，狗驯成了职业杀手，树脖子被它咬得褪皮裸筋，惨不忍睹。

镜头三：爱情的魔力

某晚，眉又接到林要加班的电话，便把狗抱进出租车，叫司机开到厂门口。一会儿，果然就看到林跟眉以前的一位美女同事走了出来。眉丢给狗一块肥肉，把它放出车门。掏出红外线手电筒，一划，狗狂奔过去，再一划，红外线锁定了林的脖子。

狗却没有像意想中的那样一口咬住目标，而是摇头晃尾跟在林的屁股后头，因为林的身后也有一只狗，那是厂里的看门狗——高大威猛的公狗！

它们耳鬓厮磨的模样，让眉想起当年和林在凤凰树下的亲热状。她忽然觉得很热，想有一丝风，就吹响了口哨。

司机说，晚上别吹口哨，听说会惹鬼，很灵验的！

上峨眉

　　多年前，峨眉山就是他的梦中情人。多年后，他却为玫瑰情人要上梦中峨眉。世事总是捉摸不透，如他，结了婚却没有爱情，有了爱情却已结婚。

　　她竟然不知道他是有妇之夫。五年了，一直与他若即若离。他却玩入了戏，如一块火炭扑到温水里。

　　一副古画，一盆吊兰，一墙书香。她的闺房总是那么雅致，同样雅致的她常浸润在这份清雅之中。他来时，她正手捧一观音坠出神。啥时信佛了，想做观音的关门女弟子啊？她却幽幽地说，我在想念一个人，一个与观音有关的人。

　　他心里翻了醋瓶，说话却极绅士，跟我上峨眉吧，也许那个人就在那等着！她决然地说，不，那个人在我心里！当着他的面把观音坠系在脖上。一番软磨硬泡，她就是不松口。当他亮出剑时，她才动了芳心——听说峨眉山金顶的普贤菩萨灵验得很。

　　穿云破雾，穿山越水，终到得山麓。九曲十八弯的盘山公路如一条梳妆时不慎散落的红头绳，欲系住一山秀色。

　　这就是爱情之路吗？伊甸园在海拔三千米高的金顶，要坐两个小时的巴士，爬一段崎岖的山路，再乘缆车越过悬崖。眼前的情景巧合地成为他们五年爱情马拉松的注脚，他却为采摘路边刺玫瑰而乐意疯跑下去。

　　然而，这半路杀出的程咬金为何方神圣？

　　路，蛇行曲进，透迤而上。有些弯度竟达 30、60 度，巴士牛一样喘着粗气往上爬，冷不防把头一晃来个急转弯，剧烈震荡着你的神经、你的意志。如他所料，她晕眩了，头靠在他肩上，腹内翻江倒海。他把备好的姜片塞到她嘴里，还为她轻揉肚子，果然平息很多。他附到她耳边，有一天，等你为了我们的结晶而呕吐时，我可不会给你姜片啦！她伸出粉拳，在他背上擂了三通鼓。

熬过惊颤的两个小时，巴士总算到了海拔 2000 米以上的停车场。一笼薄雾裹挟着寒气袭来，她连打五个喷嚏。在这夏秋之交，山上山下简直是两个季节。他这才后悔自己忘了带上毛衣。在她哆嗦一团时，他忽然脱下上衣，成了"光膀哥"，还没等她反应过来上衣已套在了她身上。她惊讶道，你不怕冻成压缩饼干啊？他收腹挺胸，绕她一阵小跑，说，今天我要为你举行一次峨眉山行为艺术！转眼把她背了起来，直冲陡峭的山路。

今天的游客除了为看到峨眉山猴子而异常惊喜外，就是为这对痴情男女的壮举而纷纷发射眼球。

乘缆车跃上云山雾罩的悬崖，才体悟到"云上金顶"的意境。一道霞光刺破云霓，揭去若隐若现的面纱，峨眉始露真容。大伙俨然脚踏祥云的神仙飞过天险。

终于到了金顶，高 48 米的普贤菩萨就在眼前。她赶紧叫他穿好衣，说，在菩萨面前可不许造次！

他说，知道为什么普贤菩萨高 48 米吗，这象征阿弥陀佛 48 大愿，灵验着呢，快许个愿吧。

他生来第一次在菩萨面前许了愿，这个愿天知、地知、佛知。他自然想让她也知道。她却从脖上解下观音坠，捧在掌心双手合十，如一朵莲蕾，静沐梵音，净如处子。

他突兀道，许了啥愿？

她卖了个关子，真想知道？等下了山再告诉你！

要是下山时不发生这事，菩萨也许就圆了他的非分之愿——快到停车场时，他们遇到了一位拾荒老婆婆，老婆婆意外地央求他，行行好，把你的矿泉水瓶送我吧！

他摇着仅剩一点水的瓶子怒道，还没喝完呢，滚一边去！

她却把还剩半瓶水的瓶子塞到老婆婆手里，说，阿婆，上山小心啊！

她的祖母生前信佛。上个月去世前，对唯一的孙女说，做人一定要向善，你将来要找一个靠得住的男人，观音坠会当你的眼睛。说完把戴了一辈子的玉坠放在她掌心，随后溘然长逝。

眼前的这位老婆婆，跟祖母巧合地相似。他刚才的那句话，让她震颤了，一下子拉低了他在她心中的海拔。于是她说，告诉你我许的愿吧——这愿许给一个与观音有关的人！

 # 谁能分你一杯奶

  说来怕你笑话，俺是市人民公园管理处主任，捡个芝麻都比俺官大。但压力却不小，现在的人民都喜欢逛超市、泡夜店、上星巴克，偏偏鲜有人逛公园。离开了人民，公园就没有人民币，没有人民币，俺这主任就会削职为民。

  还好，俺是个脑子活络的人，才抽了三包烟，就想出条妙计。这不就立竿见影了？每天一拨又一拨人民从公园进进出出，一把又一把人民币从他们兜里飞到公园账上，俺心里就放晴了。

  儿子过去从不逛公园，礼拜六早上竟闹着俺带他去转转。看来小子还识相，也想挺老子一把。

  各色人等接踵摩肩拥进公园大门，闹哄哄的，俺就喜欢这场景。正想拉儿子进去，一个蓬头垢面的人伸出搪瓷盆，上下摆动着，哐当哐当响。俺每天上班都看见这拨乞丐，专往这人多的地方蹭。俺才懒得理他们呢，俺说，走开走开！

  事实上，现在的人都爱富不爱贫，要是遇到哪位富翁扮成乞丐体验生活，说不准还会解囊示好呢。对这些准乞丐，他们一个个视而不见，像俺一样冷血得很。

  进了门，树下坐着个邋遢的女乞丐，怀里抱着个哭闹的婴儿。面前照样摆着个搪瓷盆，人们照样视而不见。

  儿子说，爸，她们真可怜！俺说，那是母猴带着小猴在玩！俺背着儿子拨通了管理员的电话，吼道，怎么放乞丐进来，快赶出去，真埋汰人！

  俺带着儿子径直就去了"鱼乐场"，俺抽了三包烟想出的"妙计"就

从这里开始演绎。

"鱼乐场"密匝匝挤满了人，一个个伸着渔竿，渔竿上的诱饵竟是奶瓶。这就是俺的创意——吃奶鱼。这仨字写在池中间的大招牌上，上面还标着一句话：十元钱一瓶奶，您的爱心从鱼身上开始传递。池里全是那种"见人不生分、见食爱十分"的锦鲤，不要说奶，你就是撒一把沙子，它们也以为是美食，噼噼啪啪全张着嘴扑腾过去。就是它的这个特点，人们爱上了吃奶鱼。更何况给它们喂奶，还可彰显闪光的母性。你看，一个个眼里溢满慈爱，母亲似的看着"婴儿"吧嗒吧嗒吮着奶嘴。俺觉得这是天底下最美丽的嘴，人民币会从这一张一翕的小嘴里飞到售奶处。

俺从售奶处拿了一瓶奶给儿子，当然这是免费的。儿子把瓶子套在渔竿上的小铁环时，俺开始给他灌输这个故事：很久以前，佛祖点化鱼，找寻到人间最伟大的爱后便可成佛。那年恰逢灾荒，找了许久都没找着。一天，鱼看见一位母亲在哺乳孩子，因长时间没进食而没有奶水，孩子饿得啼哭不止，那位母亲便咬破自己的手指，用鲜血喂孩子。鱼异常感动，回去禀告佛祖，母爱是人间最伟大的爱！自己愿意用这种哺乳的方式传递爱。此后人们就用奶瓶来喂鱼。

俺经常向人们传播这故事，让吃奶鱼有个很经典很煽情的"出身"。儿子听后显然被感动了，俨然一位母亲，眼光忒有亲和力。

俺又牵着儿子到了动物园。在赏猴区，看到的不是上蹿下跳的猴子，而是一只只母猴抱着小猴用奶瓶喂奶。看见有人来，母猴很警惕，眼睛转过来又转过去，她们当然不认识俺这主任，更不知道因为俺的策划让她们过上了幸福生活。这里也挂着个招牌，上写"30元一瓶奶，让祖先与我们共享幸福"。

只要一扯上亲戚，人们就会为亲情买单，更何况猴子还是俺们的先祖。花三十元买瓶奶大有人在，很多游客掏几百元眼都不眨一下。他们要用人民币表达对祖先的敬意，歌不是唱了吗："没有天哪有地，没有地哪有家，没有家哪有你，没有你哪有我。"因此，猴子们的日子过得很滋润。

俺从售奶处拿了瓶奶给儿子，转身上了趟卫生间。出来后看见儿子正专注地看着母猴给小猴喂奶。俺说，儿子，你现在知道天底下最伟大的爱是母爱了吧，当初你妈就是这样一口奶一口奶把你喂大。儿子眼睛里闪烁着泪花。

一个上午很快就过了，俺牵着儿子走出公园大门。那个邋遢的女乞丐抱着孩子坐在台阶上，婴儿哭得呼天抢地。俺正要拨手机叫管理员轰走她们，儿子却从兜里掏出一瓶奶，说，你的孩子饿了，给她吃奶吧！然后把头抬向俺，爸，在动物园时我没把这瓶奶给小猴，它们不愁没奶喝，这婴孩却饿得慌！

女乞丐把奶瓶送到孩子嘴里，马上就止了哭。她空洞的目光里拂进一缕春风，掠过死寂的心湖，波光投射到双眸，眼睛湿润了。女乞丐抱起孩子，向俺的儿子深深地鞠了一躬。

喝着啤酒去讨薪

厂子说倒闭就倒闭了，老板半夜溜之大吉，大柱和一帮弟兄拖欠了半年的工资全打了水漂。已是雪花那个飘的腊月了，大伙等着钱回家与媳妇儿取暖呐。活人能让尿憋死？大柱他们去找劳动局、去找工会、去找市政府……领导们全都说想尽千方百计解决，民工兄弟的事就是政府的事。可等到花儿都谢了，连个屁也没响。

这晚，大柱实在闷得慌，就上街买了啤酒，一手抓一瓶子，边摇摇晃晃前行，边叽里咕噜痛喝。经过一排铁栅栏时，一白毛狗朝他狂吠。大柱喷出白沫，你爷爷今儿个虎落平阳，看俺明儿个抓你煲汤！说着甩手扔出空瓶，砰，狗吓得连跑带跳。哈哈，狗日的，欺软怕硬，俺叫你再尝尝手榴弹的滋味。一瓶子又脱手飞出，砰！狗惊得嗷嗷叫。忽见一人操了木棍大嚷着追出，大柱比狗跑得还快。直到甩了那人，才收住脚，却看到铁栅栏围起的是一栋大别墅，乍看真有点像美国白宫。

大柱喷着酒气，狗日的，有钱人住天堂，没钱人想下地狱连门都找不到！

年关已近，偶尔响起几声炮仗。大柱心里却填满了火药。尽管兜里只剩两百元，但他一到夜里就去买啤酒，一喝啤酒就想听"手榴弹"开花的脆响。刚提了空瓶子走近铁栅栏，白毛狗像见了游魂一样大吠，大柱恼怒地扔出，砰！狗呜咽着摇尾而去。

正仰头大笑，见一人又握着木棍追来，大柱脚底抹油跑出老远，不知咋的就进了一家超市。

年货堆成小山，大柱觉得自己就是一名挑山工，开年挑着重担沿陡峭的山路而上，挨到年底好不容易到了山顶，老板接过货却跑了。

行走的房子

　　本来，他答应给媳妇儿买一件羽绒服的，但现在，连回家的车票都买不起。他真想把这小山掀翻，大吼一声：还我工钱！

　　您好先生，这是我市的品牌腊肠！导购小姐把他从悬崖边拉了回来，却又把他推到了另一个欲望的深渊。大柱很想尝尝腊肠，但价格伤害了他，一种念头随即在脑际闪现。他勘察了一下地形，发现靠街道的窗口是唯一出路。便推来一辆购物车，丢进几串腊肠，又提了一箱蒙牛。他想起一句广告词：一杯牛奶强壮一个民族！俺大柱喝下一整箱牛奶，那得多强壮，这样讨工钱准成！

　　推车来到窗前，人来人往，很难下手。忽心生一计，学着《人在囧途》里王宝强喊徐峥的镜头，大喊一声：嗨，老板！大家扭过头去，大柱以迅雷不及掩耳之势演了一场好戏，腊肠和蒙牛成功跳进了街边的垃圾桶。

　　刚拿了货，超市保安就持警棍追来，大柱丧家之犬一样猛跑。

　　喘着粗气跑回出租屋，把腊肠挂在床上，大柱美美地想，要是媳妇儿在，两人边吃腊肠边热乎，那多得劲儿。他打通了媳妇儿的电话，那头飘来软绵绵的声音，老公，咋还不回呀，俺每晚都梦着你哩，你咋就不心焦呐！心跳出了大柱的胸腔，俺正给你买羽绒服咧，喜欢红色啊，中！

　　搁了电话，大柱泪流满面，在墙上狠狠擂了两拳。咕咕叫的肚子却把一切愤怒和忧伤都瓦解了，他决定今晚用腊肠下酒，好好犒劳犒劳自己。

　　上街去买啤酒，经过那白宫时，铁栅栏边晾着好些衣服，大柱眼睛一亮，看到了一件红色羽绒服。便踮起脚探手去拿，那白毛狗跳将出来大吠，他只得缩回手。转身趸回去，切了几根腊肠，拿了一盒蒙牛，听说有钱人家的狗爱吃高档食品。

　　顺便买了啤酒，刚近铁栅栏，那狗就见了仇人似的窜来，他赶紧丢下一根腊肠，狗嗅了嗅，竟津津有味地大嚼。大柱又扔下两根，还把蒙牛弄破了丢进去，狗受到如此款待，对大柱友好多了。

　　他把手伸前去，仍够不着羽绒服，便爬上铁栅栏。眼看就要得手，却把一花盆碰翻了，"啪"的一响，停在旁边的宝马车毫不客气地响起警报声。一伙人手持木棍呼喝着追来，大柱翻身跳下，提着啤酒就跑。这一次，他们早已布好了阵，两边路口堵得严实。无路可逃的大柱猴子一样爬上了附近的铁塔，嘴里大嚷，别上来，上来我就砸死你们！

他们才不怕呢，一个个朝上窜，大柱拼了命往高处爬，眼看就要到塔顶了，他们还穷追不舍。大柱咬开瓶盖喝下半瓶，发出一声长啸，随手就往白宫扔去，"砰！""手榴弹"落了地。又砰一声，"手榴弹"开了花。

大柱连扔五个，见他们还不收停，便大声嚷，狗日的，老子跳给你们看！

下面一个个全愣了。这时，白宫走出一大腹便便的人，他抬头说，小兄弟，有啥难处给俺说，俺帮你解决！

大柱说，政府都解决不了，你解决个屁，狗日的！

那人说，说来听听，多大个事儿？

大柱说，老板拖欠俺工钱，他不给，难道你给？

那人哈哈大笑，不就是这档子事嘛，好办好办，后天你就可以领工钱回家过年！

大柱不信，你是谁，骗俺的是狗日的！

下面不知谁说，有眼不识泰山，这是劳动局钱局长！

就这么简单，大柱和一帮弟兄要回了工钱，高高兴兴回家与媳妇儿团聚去了……

那庙那僧那钵

　　夜，呼啸的北风像一头桀骜的野兽，在弘印法师面前张牙舞爪，他衣着单薄，蜷缩在璞光寺门外直打寒战，想缩回摔伤的腿，却已僵硬得浑无知觉。他已敲了几次寺门，再没有力气敲下一次了。在这冷飕飕的北风中，弘印法师失望了，目光痴呆地凝视着随身带的那只钵……

　　弘印孑然一身，早年出家，在本县的一座寺庙修佛，平素乐善好施，方圆百里被他资助过的人难以计数。但他性情怪僻，与诸僧关系很僵。年至花甲时，忽感身体不适，诊疗是胃癌晚期，只有一年多的时日了。弘印法师并不哀伤，淡然道："生即是死，死亦为生，心无挂碍，死乃极乐，佛祖差我去作生命的轮回，可达涅槃之境了。"尽管他泰然处之，但和尚们知道病情后，个个远远地避开他，住持也对他更为冷漠。弘印法师不禁慨叹人情似纸，世道无常，便愤然出游，四处修行。但所到寺庙，难与众人相合，加上身患顽疾而多被遣出寺门。可怜的浪子老僧，病情日益严重，无奈游移于本县各个佛寺，苟延岁月。

　　一次，弘印法师来到南厢的璞光寺，此寺倨于高山之巅，距县城三十华里，常年香火稀疏。住持法名慧空，五十开外，同样性格怪异，轻易不与人交游。今见老僧一副痛苦状，手持钵碗欲投于本寺，原想拒之门外，只听弘印高声自怨："出家人慈悲为怀，想不到贫僧助人无数，却难觅立锥之地，真作孽也！"慧空住持顿生怜悯，便收留了他。

　　奇怪的是，两位性格类似之人甚为投缘，谈及身世，竟很巧合。谈论佛学，每每见解相同，大有相见恨晚之感，俱言此生得一知己足矣。在慧空的照料下，弘印法师的病情得到遏制。他又开始打坐静修，参禅悟佛。一日，修炼之余，与慧空住持谈论善恶因果。弘印说："恶始恶终者，有因恶果；恶始善终者，善果润因；善始恶终者，恶果夺因；善始善终者，善哉善哉。"慧空亦有所感："时善时恶而反复无定者乃恶也！"弘印法师赞同曰："甘于克己乃善念，执于私欲即恶者。"

正谈论间，门外说有施主求见，慧空只得召他进来。来者住于附近村庄，他前几天接到一位发达于香港的同乡打来的电话，说愿意投资 10 万元建设桑梓佛寺，请他做代理人。慧空听有人肯投资本寺，心中一喜，但又心生疑虑。来人便详细介绍那位香港老板的发迹史，说此人在其本村出资 30 万元建起一间小学，还把他的名片拿给慧空。说如无别意，过几天他便汇一笔启动资金过来。来人最后说及回扣一事，开口便要 10000 元，工程启动即付。慧空说最多 6000 元，来人说咱各退让一步，八千算了。坐在旁边的弘印法师听了，怒斥道："此为慈善事业，应共襄义举，施主不肯资助也罢，为何心存私欲，实大恶也……"慧空忙制止他，来人却满脸怒气："竟然你这谈不成，我到别的寺庙去！"说完拔腿便走，慧空想拦也拦不住。弘印法师说："随他去吧，此非善人。"慧空脸呈不悦："佛家之善，非红尘之善，法师坏了大事啊！"

十几天过去，与璞光寺遥遥相峙的法莲寺鼓闹锣喧，鞭炮齐鸣，一打听，原来是上次那人引荐的香港老板投资此寺，今天工程正式开工了。慧空住持不免心生怨气，追悔莫及，此后对弘印也没那么热情了，还有意疏远他。弘印法师看在眼里，觉得此地不便久留，即拿起钵，在寒风中与慧空住持辞别，慧空想挽留，但他去意已决，只得随他踏霜远去。

弘印持钵化了几日缘，这天夜晚，北风猛烈，胃绞心般痛，刚好到得法莲寺下，欲去求宿一晚，不料一脚踩空，掉进沟里，腿摔成重伤，钵不知去向，弘印捶胸号啕，死也要找回那钵。费了一番周折，法莲寺的和尚终于帮他找到，却不愿收留他，便雇车把他送回璞光寺门外。叫人通报慧空住持一声，径自走了。

弘印法师顶着刺骨的寒风，忍着一身疼痛，有气无力地敲了几次寺门，却久久不见门开。他不免怨起这世道来，自己一生济世为民，助人行善，却落得个无家可归，颠沛流离的下场，是前世余孽未尽，还是此身原为祸胎？我与慧空住持素昧平生，他上次肯留我已大善了，这次……正沉思间，寺门咿呀打开，慧空住持亲自出来，口中念道："阿弥陀佛，贫僧来晚了，我安排众僧为你诵经祈福，法师归来吧！"慧空搀着弘印踱进寺来，只听梵音响起，经文齐诵，弘印法师热泪夺眶而出。

几天后，弘印法师病情加剧，便把慧空住持叫到床前，断断续续地说："生死轮回，善恶因果，无挂无碍，终究涅槃。住持待我不薄，贫僧难以回报，手中一钵，价值连城，留与璞光寺，换钱建庙，长盛烟火，天地造化也！"说罢便圆寂了。

# 新年宝贝

　　越是近除夕，就越有一种刀指项背的恐慌。如一条条肠吸虫在五脏六腑噬咬，痛得我夜晚满床翻滚。躺着活受罪，还不如出去听听新年的钟声。

　　今晚的街市明亮得有点炫目，连过去幽暗的角落也漫着如水的灯光。一排排店铺前早早地挂起了猩红的灯笼。尽管深夜里行人稀少，但我分明听到了愈跑愈近的嘈杂的新年脚步声。我打了个激灵，预感到身后跑来很多找我算老账的新年特使，我加快脚步，朝一个没有方向的方向奔逃。我一边狂跑，一边神经质地想着垂涎已久的花园式别墅、本田小车，还有做梦都想得到的官帽和白金卡。这些，都是我在上一年的除夕之夜发誓要在今年炒股赚大钱去一个个实现的。然而股票亏得一败涂地，梦想终成泡影。我一下子苍老了十岁，像一只战败的秃鹰，惶惶不可终日。尤其时近除夕，这恐慌威逼得我快要崩溃……我上气不接下气地恶跑，终于逃离了新年的追击。

　　第二天一早，我失魂落魄地走进一位熟识的老中医家里。他脸一沉，说，怎么才来？今天是除夕了！我有气无力地央求他，我患的是除夕病，你就给看看吧。他利索地开了个处方，叫我到别处去抓药。

　　街上，潮水般的人流传送着过年的笑声和祝福。我的心里射进一缕阳光，大过年了！一事无成的人竟也被浓浓的喜气激起新生的力量。

　　我从兜里摸出那张处方单，双手微微发颤，是激动，还是感恩？我就像一位遭遇风暴袭击快要沉船的渔夫，忽然得到了海神赐予的救命法宝！正要擦亮眼注视的档口，手猛地一抖，它从指缝间挣脱开去，乘着乍起的风儿飘舞而上。

我连忙跳蹦床似的弹起来，举起手向那张纸用力抓去。快要挨着时，它竟敏捷地一抖身，蝴蝶儿般飞高了。我再一次用尽全身力气弹跳起来，它已飘离了危险区，我高喊着："我的宝贝！我的宝贝！"它却使劲地越飞越高，发出一长串亚马逊黑蝴蝶般冷艳的笑声。就在我失望之时，它猝然一转身，降落伞似的往下飘。前面的人群一个个仰起头，眼睛射出贪婪的光，甚至有人已举起手来，朝那慢慢飘落的"宝贝"挨近。我边蓄劲往前跑边歇斯底里地吼叫："我的宝贝！我的宝贝！"就在它快要落入他人之手时，它一扭身，又被风送高了一截。

我拼命往前追，听见有人说，也许是一张中奖彩票吧！有好几个人却说，也许是一张百万支票！他们的猜想让我无比惊恐，我加速往前冲，近乎哀鸣地哭喊着："我的宝贝！我的宝贝！"此刻，那张纸又在一截一截地飘落、飘落……无数只手齐刷刷地举了起来，还争先恐后地大喊："宝贝下来！宝贝下来！"我把声音提到最高分贝："都别动，是我的宝贝！"他们眼中哪里有我，只顾盯住那张尤物似的纸，高举着手要占为己有。有人索性用尽吃奶的力气跳了起来，有人猴子般爬上路边的树，眼看它飘过来便一跃而下。它却颇有灵性，只要有危险的地方，便掉头而去，给所有的人一个大忽悠。

我再也跑不动了，喉咙也嘶哑了。"宝贝下来！宝贝下来！"我蹲下身痛苦地听着他们兴奋的"狼嚎"声。天哪！"宝贝"正一个劲地降落、降落……好像失去了刚才的灵性，我听到它发出一串落网黑蝴蝶那样凄厉的叫声。我多么希望此时刮起一阵狂风，把它送到空中的安全区。然而它在"宝贝下来"的欢呼声中不自量力地降到了危险线上。终于，我看见一只手牢牢地抓住了它……

当我沮丧地抬起头时，人群已像泄洪的潮水渐次漫开。一个人把一张揉皱了的纸团恶狠狠地扔到我面前，还扔下一句气话："神经病！"

我小心翼翼地打开那张处方单，只见上面一针见血地写着：几味平常药，一丸淡泊心。横批：超然物外。

那位老中医给我开了一剂最好的新年中药！

当爱情遭遇马尾辫

他打开出租房的门，把提着的洗发露随手一扔，倒在床上美美地回想着上楼梯时碰见的那位迷人的"马尾辫"。那腰围、那脸蛋，那肤色，真是没话说。特别是那条马尾辫，乌黑油亮得像何首乌，让美丽的人儿更生出几分精神来。以前怎么没见过她？是刚搬来的吧。

"这可真是天赐良机啊，我得趁早下手！"但他的思绪又拐了个弯，时下女人谈恋爱都讲求现实主义，流行语早说了："恋爱的女人睁着四只眼：一看没款先除外，二看没房不理睬，三看没车不想爱，四看长得帅不帅。"自己可是与这"四项基本原则"都不沾边啊，加上今年受金融风暴影响，这洗发露营销生意更是一落千丈……如果女人们都是睁着这四只眼，自己这一生就只有打光棍了。但他听谁说过，恋爱是一场战争，男人和女人征服和反征服的战争。"我要成为征服'马尾辫'的胜利者！"想到这，他一骨碌爬起来，换了一身笔挺的西装，拾起扔到地上的那几瓶洗发露，"咚咚咚"地下了楼。

他鼓足勇气敲响她的门，"月亮"终于露出了脸，他笑得恰到好处，半躬着腰说："您好，我是美雅洗发露的总代理，你用了我们的洗发露肯定会花容增色的！""马尾辫"冰冷地说："我现在不缺这个！"说着把门"砰"地关上，无情地把他撂在外面。

他想，精诚所至，金石为开。过了几天，他又提着洗发露去敲她的门，"马尾辫"依然不给他好脸色瞧。如是几次，他都吃了个闭门羹。

看来这"马尾辫"是个不俗的主，既然"直捣黄龙府"不行，那就来个"望月寄幽情"。

很快就要到情人节了，他绞尽脑汁写了一首诗：

你的马尾辫，扫过阴霾的天空，灿如焰火，点亮了我玫瑰色的眼睛/我说看哪，遍野的春花，也开遍了我年轻的瞳孔；旋舞的彩蝶，也舞动了我绚丽的心情/我说听啊，黄鹂鸟的歌声，伴着着微熏的晚风；青梅树的枝头，摇响了岁月的风铃/我说真美呀，当你回首的瞬间，刻在我心底，那一幅永远的剪影。

他把诗一笔一画地抄正，最后写上手机号码。情人节这天，他买了一大束红玫瑰，连同那首诗和两瓶洗发露装在一起，下楼敲了几下她的门，把礼物放在门外后便逃到楼上的拐弯处观察动静。只听"马尾辫"打开门，说了两句"谁呀"，随后把礼物拎了进去。

他回到房里美滋滋地想，这回"马尾辫"该不会那么冷血了吧。果然，过了一会儿，他的手机响起了短信提示音，打开一看：谢谢你的诗和玫瑰，你那两瓶洗发露要多少钱，我买了！他得意地笑了，赶紧回信：你的辫子太美了，洗发露是送给你的，用了它你的辫子会更有活力！她又回信了：第一次有人在这个节日给我送洗发露，它对我来说是最珍贵的礼物！他莫名其妙，洗发露怎么会变成最珍贵的礼物？

他带着这个疑问，慢慢走进了她的情感世界。

开始时她仍然与他保持着一般朋友的距离。他用尽了当今最时尚的恋爱绝招，创意情话、网上飞吻、情侣套餐……但都不能使他们的感情有半点升温。

一次，两个人在酒吧闲聊时，一下子没了话题，他忽然看到她的马尾辫灵巧地一甩，像风儿乍起、像春燕掠过、像蝴蝶飘飞、像秋千轻荡，他的精神立马一振，说："我请你洗头，你的辫子会更美的！"她欣然应允。

从发屋出来时，她特别开心，马尾辫在一晃一晃地跳着"华尔兹"。他说："以后我每两天就请你洗一次头！"她眼睛发亮："好呀！"然后又问道："为什么？""因为我爱你的马尾辫！"她情不自禁地靠在了他的肩上。

他真的兑现了自己的诺言，每隔两天就请她洗一次头，每次她都指定要用他经销的那种洗发露。

后来，他们终于迈进了结婚的礼堂。洞房花烛夜，他摩挲着她的马尾辫，深情地说："你的辫子真美！"她认真地答道："你要不是爱我的马尾辫，我才不嫁给你呢！"他不解，她给他讲了一段关于她的故事：

她三岁时，别的女人把父亲偷走了，是母亲一个人把她拉扯大。读小学时，她得了一种怪病，头发一根根脱落，后来全掉光了，班里的同学都嘲笑她"小尼姑"。家里经济拮据，母亲为了给她治病，偷偷去卖血。等她的头发长了后，母亲帮她扎成马尾辫。母亲说，马尾辫看着人精神。令她肝肠寸断的是，母亲因为严重贫血一病不起，她在弥留之际对她说："你父亲是个不负责任的人，以后你一定要找一个靠得住的男人，那个男人首先要爱你的马尾辫……"

"马尾辫"的男人泪水盈眶，他感到肩上有一份沉甸甸的责任！

红内裤之谜

门卫老程午饭时喝了半瓶二锅头，因为今儿个高兴，他那即将中考的孙子在他面前拍着胸脯说保证要考取市一中。就为这事，他把上次喝剩的半瓶酒全消灭掉了。

酒后他到小区里转悠，查看自己管辖的地盘有无异常。经过 A4 栋时，一滴水不偏不倚掉在他"不长草"的光头上，他正想发火，仰头看见楼上晒着红内裤。他摸摸光头把水抹掉，虽然心里窝火，但不打算去追究了。因为他细细一数，从二楼到八楼，每层的阳台都"红旗飘飘"，有好几家还晒着两三条呢！老程以为自己喝得太多看走眼了，他使劲揉揉眼睛，确实没错啊，那一条条内裤红得刺目，风一吹好像在向自己招手呢。

嘻，怪有意思的，同一天同一栋楼晒同一种颜色的内裤。难道今天是什么节日？他赶回保卫室去翻日历，不是啊；难道市里举行了时装表演？那也不可能整栋楼的人参加啊……他使劲拍着光头，但想破脑袋也想不出个子丑寅卯。这老程天生一股犟脾气，越是弄不清的事就越要弄个水落石出。

于是，他泡了一壶头春茶，把茶具搬到保卫室门口。这时，退休教师老黄从楼梯口走来，老程忙招呼他喝茶，说着便把话引入正题，老黄答道："本命年时很多人穿红内裤!"老程想了一下，整栋楼的人都这么凑巧过本命年吗？不可能！老黄走了，他又逮着一位出去散步的骆大爷，他说："住新房时也许有人穿红内裤!"老程摇起头，A4 栋都是老住户了，这个答案靠不上边。送走骆大爷，老程叫住经过的退休工人老林，他的回答是："按风俗，结婚时要穿红内裤!"老程听得直皱眉，不可能整栋楼的人举行集体婚礼吧。他还耐着性子问了好几个上了年纪的人，答案都对不上谱。哎呀，这个问题比"克隆人"还难弄懂！

正当他的脑袋膨胀得越来越大时，忽然灵机一动，刚才问的都是老同志，时下年轻人见多识广哩！这时，正好三十多岁的阿龙骑着摩托出去，老程故意向他借火机抽烟，然后拉住他喝茶、侃大山。侃着侃着，他左一句"小兄弟"，右一句"小兄弟"，把阿龙弄得云里雾里。老程说："我就不跟你兜圈子了，你一定要把这问题给大爷弄透，不然我没法活下去了！"他亮出那个问题时，阿龙神秘地问："红色代表什么？"老程说："吉利呀！""你知道股票吗？""听说过！""你看过证券公司的 K 线图吗？""就是那种像心电图一样的吧！""程伯，你想想看，如果 K 线图出现红色的数字多，是好事吗？""当然是好事！""对，炒股的就喜欢红色，股民都爱穿红内裤，听说它能带来好运，股市才会'牛'气冲天啊！很多股民除了喜欢穿红内裤外，上身还穿一件大红 T 恤，最好是胸口印着芝加哥公牛队队标的那种。实话告诉你吧，我现在正穿着红内裤要赶往证券公司哩！""你住 A4 栋吗？""没错，我们整栋楼的人都在炒股！"

老程把嘴张得圆圆的，他一拍光脑袋，对，给快要中考的孙子买几条红内裤。这小子虽然跟我说保证要考上市一中，但还是让他穿红内裤保险些，考试时才会像股市一样"牛"起来！

平安符

金银铁背着行李挤上火车时，车厢里密匝匝地站满了人。好不容易找到座位，一屁股坐下来，他看人的眼神就透着一种高原的苍凉。

让一让，让一让！与吆喝声同时出现的是一辆摆满食品的柜子车，座位两旁站着的人群推推搡搡，头碰头，肩摩肩，一个个收缩着身子，直到"鬼子车"擦身而过。过一阵，"鬼子车"又从相反的方向冒出来，人群又一阵骚动，责骂着纷纷躲闪，原来站在车厢里的一些人就被挤到了甬道的厕所旁。

金银铁不用躲"鬼子车"，他幸运地买到了坐票，但他觉得自己的际遇比那些买了站票的人还惨。他的两只手深深地插到头发里，眼睛久久地闭着，一副落魄的样子使人想起了丧家之犬！命运之神啊，就像这"鬼子车"，把他从站着的一个人挤到了命运的边缘……

他原本有一个完整的家，上有老，下有小，中间是腰带，系着个漂亮的媳妇儿。但小的长到两周岁时，发现是个哑子，嘴巴努力撅着却老跟你打哑谜。一家子瞬间从望子成龙的云端跌到了失望的泥潭。

屋漏偏逢连夜雨，金银铁所在的公司抵不住金融风暴的侵袭，一夜之间被冲倒了，这个家的经济支柱也就变成乌龟垫桌腿——快撑不住了。都说女人要富养，没了金钱作护肤品的媳妇儿就整天挂着个苦瓜脸。抱儿子时把他的屁股蛋蛋打得像烙铁，一摸能烫手；在家婆和金银铁面前不是摔盆子就是摔瓢，好像今生来讨前世债。一直强压住怒火的金银铁做好了家庭内部战争的一切准备。

但战斗还没正式打响，金银铁的腰带松了，他意识到这场战斗许是要胎死腹中。果然，他的漂亮媳妇儿在一个月黑风高的深夜当了逃兵，

119

家里值钱的物件就成了她的战利品。

表面看上去是金银铁赢了，实际上他输得只剩下几片残甲。金银铁！金银铁！就是这个背运的名字，使自己的命运一次次滑坡，最终从黄金贬值成了废铁！每一次命运的拐弯都有一个有形或无形的幕后推手。喝得烂醉如泥的金银铁醒酒后来了个高度概括，谁是自己跌运的幕后推手，哑巴儿子？无情媳妇儿？还是金融危机？都是，又都不全是。儿子哑了，要是金融危机没来；或者媳妇儿因哑儿子闹心了，要是金融危机没来。金银铁用这个两分法一推理，就得出了一个结论：经济基础决定上层建筑！

他提着嗓门对老母亲说，娘，您老就把孙子当儿子养吧，俺不认命，俺总有一天要让铁块变成金子，那时俺把娘当皇后娘娘供着！金银铁斩钉截铁地说完，紧紧抱着儿子啪嗒啪嗒地落下了"英雄泪"。儿子死命拉住他提行李的手，嘴唇使劲张着，眼睛哭得又红又肿。金银铁提着嗓门说，今后奶奶就是你娘亲，你爸今天灰着脸出去，改天开着车回来接你们！

娘红着眼睛，你就放心闯去吧，俺豁出这把老骨头也要把孙子拉扯大！说着递给他一个平安符，这是娘亲手缝制的，在菩萨面前开过光，它能保你逢凶化吉，消灾祛祸。金银铁把它藏在贴身的钱包里，提着行李刚踏出门，从来不会发声的儿子这次意外地吼出了两声凄厉的哀号。

娘的平安符和儿子的号叫就成了金银铁打工生涯的精神图腾，前一个使他励志，后一个使他发愤！他干的是建筑工，虽然是重体力活，但他很卖力气。每个月仅拿到一千多元工资，除去伙食费还剩六七百，他每个月就只能给娘寄去五百。

农民工的日子是难熬的，尤其是像金银铁这样肩负着使命的农民工。低薪水使他迫切想转行，但他一无技术，二无关系，这个繁华的大城市只能把他遗忘在钢筋水泥森林的阴暗角落里，金银铁也就看不到生活的阳光。原来的英雄壮志被消磨大半，日子在思亲、受挫等多重情感搅成的漩涡中挣扎着过下去。他每次想念母亲和儿子时，就掏出藏在贴身钱包里的平安符抹眼泪。

很快一年就过去了，到了年关金银铁因脸面无光而没回家过年。

第二年，金银铁依然没有改变命运，这一年想回家过年却没有买到车票。

第三年，金银铁遭遇了老赖，那年最后一个月的工资被老板拖欠了，他仍然没有回家过年。

第四年，母亲在电话里宽慰他，留得青山在，不怕没柴烧，娘不图你金山银山，就盼你平平安安回家吃个团圆饭！

金银铁这四年来第二次挤上火车，他这一次买到的是站票。在这个春运的客流高峰期，过道上、厕所旁、吸烟区、饮水间，到处挤满了密不透风的人群。这时，"鬼子车"愣头愣脑地开过来了，人群像躲瘟神一样赶紧躲闪，一个个挤成了热锅上的烙饼。"鬼子车"走后，金银铁哀怜起自己的遭际来，这四年出去闯荡，每天都折腾在命运的窄道上，收缩起身子骨过日子，就为了躲闪命中注定的"鬼子车"。鬼子车！这万恶的鬼子车！金银铁忽然惊叫起来，他的钱包不翼而飞，里面是他存了四年的5000元和母亲送给他的平安符，他要用这钱给母亲和儿子买礼物的啊！

金银铁失魂落魄地回到家，看到娘亲苍老了，儿子长高了，顿时悲喜交集，泪如泉涌。娘，儿子没本事，让你们苦等了四年，今天却空着手回来！金银铁还没抹去五味杂陈的泪，哑巴儿子拉着他的手走进里间，指着挂满墙壁的平安符发出了两声兴奋的低吼。娘说，你离开家整整45个月了，每到一个月，我就缝制一个平安符，对孙子说这是你爸寄回来的，每次看到平安符，孙子就欢喜得又蹦又跳。你每个月寄回的五百，节省着用去二百，剩下三百就折叠起缝进平安符里，45个平安符，一共13500元……

金银铁抱着哑巴儿子失声痛哭，像敬奉神灵似的捧起一个平安符，上面端端正正的刺着四个字：平安是福！

# 怀念一个疤

老韩和老伴恰如两条和谐的平行线，从青丝岁月一直穿行至人生的夕照里。然而一夜之间，老伴拐个方向去了天堂，剩下老韩这条孤零零的单横线。

这一走，老韩心里空落落的，脑海里蹦出"曲终人散"这个词，他的心几乎凉透了。孤寂感若冷风雪雨裹挟着他，兀自在残夜中守着一室清冷。每当看到老伴的遗像时，两行老泪禁不住夺眶而出，他感到自己真的步入了"独钓寒江雪"的严冬。

于是，老韩想营造一点春天的气息。他写了一份招聘启事寄到市报。报纸很快便刊登了出来：

本人特招聘女保姆一名，身高1.60米左右，年龄40周岁以下，额前要有个疤痕。应有爱长辈一样的孝心、爱朋友一样的知心、爱同事一样的关心……

"竖起招兵旗，自有吃粮人"，很快便有应聘者来敲门。那人前脚一踏进来，戴着老花镜的老韩就微低下头，眼睛越过镜片直盯住她的脸。她四十岁上下，还是个会脸红的年纪。老伯，您这里招保姆吧？老韩这才移开视线，连说，是是是……我一个糟老头连说话的人都没有。喝着茶，拉了点家常，老韩还是忍不住用眼瞄她的脸，弄得她手不知往哪搁。他足足盯了三分钟，说，你额前的疤很好看。她投过一种感动的眼神，我老公总是说这疤破财，叫我去做美容。老韩连连摆手说，使不得，使不得，这疤能主夫呢！她的脸上便盛开着荷花似的笑容。

他们一下子找到了话匣，谈得很融洽。说了一个上午的话——午饭——饭后分别午休——醒来后接着谈一个下午——晚饭。饭后，老韩又

不由自主地盯着她额前的那个疤，突然问，你这疤是怎么来的？她毫不讳言，和老公口角时被抓的。老韩便递给她钱，说这是你今天的工资，明天就不烦劳你了。

第二天，又有人来敲门。老韩仍旧老盯着她额前的疤痕，仍旧按昨天的那个生活模式走。晚饭后，老韩仍旧问她，你这疤是怎么来的？她告诉他，与老公打架时被他用开水烫的。老韩仍旧付给她工资，叫她明天不用来了。

第三天，一切依旧。晚饭后，老韩问她，你这疤是怎么来的？她说，离婚前被老公打的。他仍旧付给她工资，叫她明天不要来了。

第四天、第五天、第六天……每个人他都谈得很投机，但每个人他都不想聘用。

三个多月来，屋子里多了几分生机，但老韩心里却平添了几分愁绪。

他招聘保姆原本是想寻求一种旧感情的复活，而她们都是瞄着那份工资来的，能熨帖心灵的感情怎么可以用钱买到？看到她们，他总会想起中年时的老伴——在那个个人崇拜疯狂的年代，老韩在一次会议上发自内心地说了一句"再伟大的人也是平凡的人"，便被定为对领袖不忠的"右派分子"，先是拉去沿街批斗，妻子求爷爷告奶奶地一路向那帮红卫兵磕头，直至把头磕破了，他们也决不松口。后来老韩被送到外省山区劳动改造了整整十年。期间，他曾多次托人捎口信叫妻子改嫁，但那人却带来她的一封血书："生是韩家人，死是韩家鬼。血书为盟，佛佑吾夫！"凭着这千斤重的誓言，老韩忍辱负重十个春秋，终于熬到了头。出来后才知道妻子十年来每天都在佛前为自己磕头祈祷，额前便留下了一个永远的疤痕。他摸着妻子那个黑色的伤疤，竟号啕大哭起来。

他和老伴在一起的时光是快乐的，相濡以沫，知冷知暖，他们的幸福指数要比周围的任何一对夫妻都高。如今，她却终止了与自己平行延伸的直线运动，这根直线，是支撑自己从苦难中走出来的脊梁啊！她额前的那个疤痕，是一颗坚贞不屈的爱夫之心的见证！然而，现代人的伤疤，却多是自私、狭隘、脆弱的注脚。老韩额头的皱褶愈陷愈深，他失望了。

这天恰是老伴的百日祭，老韩点燃了三炷香，上到她的遗像前叩了三个响头，伸直腰摸着遗像上老伴额前的疤痕，就像摸着一块永不褪色的金子。

　　老韩从此拒绝了所有应聘者！

两代人

　　红床褥、红镜奁、红木梳、红双喜……洞房里的每一个物件都泛着红晕，一如小茹脸上的那抹"玫瑰红"，乍深乍浅，在红灯盏暖暖的光影里氤氲出一片喜气。小茹陶醉在新婚的幸福中，她打开音乐，悠扬的《我的爱人》飞出房间、飞出大厅、飞出阳台……

　　"咯咯咯……咯咯咯"，乐曲声被一种杂音搅浑了。小茹快步走出阳台，见婆婆又在侍弄那两只鸡，便不由得嘀咕道，好好的阳台弄成鸡窝了，又脏又臭，宰了不就省事了？婆婆却不依，年轻人懂个啥，这可不是一般的鸡，是你们完婚时你娘家送来的"子孙鸡"。她看小茹一脸茫然，又解释说，按乡下风俗，这"子孙鸡"要等下了蛋才可以作主张，不然会断子绝孙的。小茹把嘴一撇，我的很多同事完婚时都没养这鸡，他们不一样生儿育女？婆婆生气地说，不听老人言，吃亏在眼前。新进门的小茹便不吭声了，走回房间把音乐调得震天响。

　　坐在厅里，阳台不时飘进一股腥臭的鸡屎味，小茹紧紧地捂住鼻子，把阳台的那扇门当着婆婆的面"嘭"地关上。没好气地说，再养下去，我们都变成鸡的子孙了。婆婆额前的一条条皱纹愈陷愈深，喉咙久久地抑着终究没把话说出来。

　　日子过了一天又一天，"咯咯"声吵了一阵又一阵，小茹的牢骚发了一通又一通，婆婆的皱纹陷了一圈又一圈。

　　晚饭时，小茹低下头自顾往嘴里扒饭。忽然闻到一股异味，她耸起鼻子，起初以为是鸡屎味，后来又觉得不像。还是婆婆眼亮，看到她头上有一圆粒白色的粘状物。小茹听了用手一摸，满手白兮兮的，挨近鼻门一嗅，臊臭得差点作呕。原来是一粒鸟屎，连她自己也弄不清是啥时掉到头上的。婆婆忙不迭地说，按乡下的风俗，这叫犯天神，得讨七家饭才能向天神赎罪咧！小茹不以为然，净胡扯，我又没做啥伤天害理的事，犯哪路天神了？婆婆很执拗，五千年前祖宗的规矩难道会错吗？弄不好出了啥事可就晚了，我代你去楼上楼下讨七家饭！说着便操起一个碗走出门去。

小茹觉得忒好笑，心里说谁讨来了谁慢慢享用，我才不做乞丐哩！

一个多小时过去了，却仍不见婆婆回来。大概是和谁家的婆婆在唠嗑吧，小茹心想。"叮零……叮零……"打开门，却是楼下的沈大婆，她失色道，快，你婆婆摔倒了！小茹忙走下去，看见婆婆躺卧在楼梯上，一只手死死按住腿，另一只手稳稳地高托起那只碗，碗里装满了香喷喷的饭菜。小茹和沈大婆搀扶她时，她说，小心点，别把碗碰着了。好像那碗饭才是婆婆生命的一部分，至于身上的疼痛倒无关紧要。

小茹用力扶着她上楼，婆婆走一步停几分钟，她知道她摔得不轻，但婆婆强忍着不做声。就像小茹对她固执养鸡的事发牢骚时，她也是这样忍着不露声色，一副息事宁人的长者姿态。枯井的辘轳老屋的砻，人老不中用了，冷不丁一脚踩空，就摔了个狗趴式。听着婆婆的自我揶揄，小茹心里像掉进一滴浓醋，酸溜溜的难受极了。

叫来医生，像小茹猜测的一样，婆婆的脚踝崴了。

婆婆说，不要紧，过几天就会好的，你快把那碗饭吃了，不然天神会发怒的。她没理由不吃婆婆付出代价讨来的七家饭，鼓起勇气吃了一口、两口、三口……竟然觉得没有想象的那么难吃。吃着吃着，眼前闪现出婆婆挨家挨户敲开门把碗伸进去"乞讨"和一不小心重重地摔倒在地的情景，她心头一热，眼泪不自觉地在眼眶里打转……

"咯咯咯……咯咯咯"，阳台的鸡又在闹腾了。小茹以为它们饿了，第一次盛了饭粒去喂，却发现它们下了两个白晃晃的蛋儿！她一阵惊喜，拿起蛋走进厨房用娘酒煮了，房里顿时香芬扑鼻。她把蛋煮酒端进婆婆房间里，婆婆一看，惊讶地说，这蛋看颜色特像家养鸡下的，城里哪能买到？莫不是"子孙鸡"下蛋了，你把蛋煮给我吃？小茹知道瞒不住她，便默不作声。小茹啊，你的心意婆婆心领了，按风俗，这

"子孙鸡"下的蛋是媳妇吃的，吃了日后才会子孙满堂！快，婆婆看着你吃下去。

小茹的眼泪已像一泓溢满的清泉流泻而出，顺着面颊漫到嘴角，有点甜，也夹了点凝滞的涩味……

一地磁卡

沈老师的老伴去世后，在省城做官的儿子到县城给他买了一套三居室的套房。安排妥当，儿子便携妻带子回省城去了。

新房子、新家具、新视觉，让沈老师有一种恍如隔世之感，新鲜，却很陌生。想到撇他而去的老伴，沉睡在凄冷的厚土里，一个人黑不溜秋地过着不见天日的生活，还要忍受蚂蚁虫豸的噬咬，他的心里就涌进一股寒流，在这新房里冻得浑身哆嗦。

往昔，他觉得日子像火柴划亮时"嗤"的一声便过去了；如今，他觉得自己像伏尔加河上的纤夫，日子过得很累也很漫长。

儿子出去后除寄回1000元外，一个多月竟连一个电话也没来过。再忙，也能挤出几分钟时间问候吧。"鸟大了，什么林子都有"，莫非这崽子在那灯红酒绿的都市里迷眼了？或是犯王法蹲号子了？

沈老师出去买了一张磁卡，雇了一位中年人帮他讲电话。

中年人拨通了沈老师儿子家的电话，沈处长吗，我是你父亲的学生，很长时间没见他了，沈老师身体还好吧，我是想找他叙叙旧。他住哪？哦，瑞景花园8栋303，你升副厅啦，好的，我会转告沈老师的……

得知那崽子在家好好的，还升了官，沈老师悬着的心才复归原位，但他心里却愤愤的，怎么也想不通这崽子为啥不来电话。

又一个月过去了，儿子依然按时寄回1000元，沈老师却眉头紧锁——家里的电话还是悄无声息。

他又买了一张新磁卡，雇了另一位中年人帮他讲电话。沈厅长吗，沈老师在你那住吗？我是他的学生，他对我可好喽，多年不见总挂念他老人家。哦，他住县城，过几天你要出国考察，我一定转告他……

128

在孤寂中过了一月又一月，接到儿子按月寄来的钱，不知怎的沈老师越发觉得"钱财如粪土"。他用"粪土"买了很多磁卡，每天心情沉重地堆叠几次。他看着眼前堆积如山的卡片，不禁想到了老伴那高拢起的坟头，现在该长满了芜杂的野草吧，过往的小鸟也许会停下小憩，触景生情地哀鸣两声。眼看就要到清明了，那个长了半截心肝的兔崽子会不会回来看看她娘？

　　清明这天，门被敲开，儿子携妻带子走了进来。

　　四目相对竟如此陌生，父子俩一时不知说什么好。小孙子一眼看到了高高地堆在桌上的磁卡，奔过去好奇地用手一碰，倒了，摔得一地都是。做儿子的走过去训斥了一声，弯下腰一张张拾起来，竟发现每一张的卡面上都写着"亲情卡"。

　　他仰起脸，问，爹，您买这么多亲情卡干啥？

　　沈老师说，你娘走后，我孤零零一个人，家里就像一个冰库，我想用亲情卡温暖这个窝。

　　儿子幡然醒悟，像做错了事的孩子在父亲面前长跪不起……

一只有文化的老鼠

我择吉住进新房，朋友吆五喝六庆贺了一天，家里成了欢乐谷。

晚上十二点，朋友散尽。我困得不行，一股脑倒在床上，就要梦见周公了，楼上"哐"一声，吓得魂不附体。重又眯上眼，"嘎——"传来移凳子的刺耳声。我转了个身，冷静下来。接着是玻璃珠掉到地板上的弹跳声，我的魂魄也跟着上下跳跃。"砰！"魂魄撞上了重重的关门声。

我从床上猛跳起来，吼道，楼上是人还是鬼！老婆说，当然是人喽，是鬼谷里的人！

新房就变得阴森起来。我蹑着步，要上楼去，心想今儿个是乔迁吉日，还是别招晦气。瞌睡虫又爬上来，我"咚"一声摔到床上，楼上的噪音时不时刺激一下神经，我把头蒙被子里。

不知过了多久，"哐啷"一声，我又醒了。时针已指向三点，莫非楼上真是鬼谷？走路声、摔门声、冲凉声、喧哗声，声声刺耳！我跟老婆睡意全无，辗转反侧地在床上烙大饼。

妈拉个巴子！明天你爷我八点就要上班，我出来混容易吗？妈拉个巴子，你不睡觉别搅得你爷不得安生！不管是人是鬼，今儿个豁出去了！我拉开门就要上去，老婆提了一袋苹果给我，说，雷公不打送礼人！

重重地敲开门。"吱呀"一声，一个四五岁的小男孩探出脑袋，我恨不得把他拧死，他却嘻嘻一笑，火先自熄了一半。我把苹果放桌上，也把事情摆到了桌面上。小男孩的父亲赔着笑说，真是不好意思，我开着茶庄，很晚才回来，小家伙也养成了晚睡的习惯，经常下半夜三四点才睡，我们以后一定改！

我带着期望回到床上。一睡，就睡到了上午九点，天哪，迟到了！

上班时自然挨了批评，便狠了命干活。下班回到家整个人有形无神，吃喝拉撒完，就想睡觉。砰砰、梆梆、当当、哐哐……完了，楼上没有丝毫的收敛，一场打击乐正演奏到高潮。

"黑夜给了我黑色的眼睛，我却用它寻找光明！"我高念着顾城的诗。老婆说，把"光明"改成"安宁"更合适。我就朗诵道——黑夜给了我黑色的眼睛，我却用它寻找安宁！果然很切合情境。但安宁不仅没找到，反而多了一种噪音。那是啥子声音？吱吱，吱吱！啊，是老鼠！才搬进来，怎么就进了鼠？

老婆说，准是你请的阴阳先生惹的祸，说什么入住要鼠日，遇鼠生财！

我操，真的进了鼠，却没见着财！这鼠也学楼上那厮，热闹得不行，在床底吱吱地唱歌。我用脚猛蹬床垫，它就乱窜着撞床板示威。

这处境才叫"在夹缝中生存"，上有鬼谷，下有老鼠，真悲哀！更悲哀的是，这鼠还跑到书桌上，把书本当肯德基，啃得很卖力。

老婆说，你遇到了一只有文化的老鼠，日子好过了！我是个嗜书如命的人，爱书胜过爱老婆。当即狂跳起来，拿扫帚猛打，但鼠有文化得很，"吱"一声溜到了另一个房间。我追过去，它又窜回原来的房间。我倒在床上喘着粗气，发誓要把它灭掉。

总算挨过了漫漫长夜，我买了个鼠夹，放一块瘦肉，专等鼠来品尝。

晚上，鼠一个劲地跳舞唱歌，俨然一个文艺青年，却偏不食人间烟火。无计可施时，我刚好看到一则古文：鼠好夜窃粟。越人置粟于盎，鼠恣啮，且呼群类入焉……人教以术，乃以糠易粟，浮水面。是夜，鼠复来，欣欣然入，不意咸溺死。

第二天便去买了粟，放于鼠夹上。再拿一脸盆装满水，在盆上架一横木，将鼠夹放其上，还把它喜欢的那本书也放了上去。但死贼硬是不上当。

我憔悴了许多，深感外忧内患对家庭的杀伤力之大。此间，内患不得治，我便又上楼去求爷爷告奶奶，仍不见效。

一天半夜，我吵得实在睡不着，去上卫生间。那鼠鬼使神差地闯了进来，我"轰"地把门关上，它就成了瓮中之鳖，我手到擒来。

忽心生一计，提着鼠敲开楼上的门，刚打开一条缝，鼠便"吱"一声钻了进去，我鬼魅似的快速闪离。

此后，吵闹声奇迹般减缓了。一晚，楼上男人敲开了我家的门，说，我的衬衣被风吹到了你家阳台上。我走去把衬衣拿给他。他说，过去实在不好意思，老是打扰你们睡觉，以后会好很多了！

我不解。他说，我家孩子上幼儿园了，这几天早早就睡觉了。

我说，你孩子看起来还怪小。

他说，属鼠的，五岁了！小家伙挺爱书，前几天一只老鼠咬了他的书，哭闹得不行。也活该那鼠倒运，被他抓到了，就一刀剁了它！

晚上，家里出奇的静。老婆睡得挺香，我却辗转反侧烙着大饼。

走到书桌前，捧起那本老鼠喜欢的书——《文化鼠》，长叹一声，鼠兄弟，是文化害了你啊！

请系好您的鞋带

赶到车站时，黑压压一大片人群，我就觉得自己成了一只蚂蚁，一只挤在蚁窝里的弱势个体。如果不是看到那些衣着破烂、手拿盆子讨钱的糟老头，我会觉得自己今天无比的卑微。老乞丐绕蚁群转了一圈，往盆里丢下的是一个个白眼。有脸皮厚的，锁定几个目标老摇动放有硬币的盆子，哐当哐当，哐当哐当，弄得人不耐烦了，就从皮夹里掏出一张小票揉成团扔过去。

我挎着包站在一个角落，嘘唏生命的尊卑。这时，一个头戴草帽、手提蛇皮袋的中年人走到我附近的垃圾桶，把手伸进去搜索，掏出一个矿泉水瓶时，眼睛就在黝黑的脸庞上闪烁星光。我的目光与之碰撞时，他快步走了过来，说，先生，请系好您的鞋带！我本能地看了一下自己没有鞋带的皮鞋，然后警觉地瞟了他一眼，他扭头闪开了。与他一起闪开的，还有一个冷飕飕的身影，我猛回头，那身影甩给我一个熊背，很快就混进了蚁群。

我缩紧身子骨边打开挎包，边挪向附近的卫生间。包打开时，觉得下面那个阀门也开了，便痛痛快快地撒了泡尿，因为包里的重要物件还在。

想早点游离这憋闷的空气，但车还没见影儿。我挤到别处，又看到了那个提蛇皮袋的中年人，我用刀子般的眼光刮向他，他竟没反应，狡猾的江湖老手！

烟瘾袭来，却不敢抽烟，便去柜台买口香糖。我看到一只手贼溜溜地伸向一人，那人刚在柜台前付完款。忽然，提蛇皮袋的中年人不知从哪奔出来，说，先生，请系好您的鞋带！那人在看鞋子的当儿，瞥见一只来者不善的手，草花蛇一样"嗖"地拐个弯闪入蚁群。他握住中年人的手说，谢谢，谢谢你提醒！说着从皮夹里掏出一张百元钞票递给他。中年人没接，转瞬消失了。

我为自己刚才的疑心感到愧疚，要不是这中年人，挎包里的重要物件兴许已移花接木。我要找到这位好心人！

好不容易找到他时，几双铁锤似的手捣肉饼一样擂向他，我一声断喝，住手，我是警察！"铁锤"以逃亡的速度在空中划下一条弧线。

他眼眶乌黑、嘴角流血，我把他带到门口的诊所。同情地说，你应该早就知道会为自己的行动付出代价！他咬咬牙说，只要能找到一个人，这代价算个述！

这个人是谁？谁是这个人？！

他给我讲了一个近乎传奇的故事——

那天，也是在这个车站。他好不容易挤到售票窗口，手伸进兜里，马上触电似的抖了一下，红着脖子大嚷，哪个天杀的偷了我的钱包，哪个天杀的偷了我的钱！他急成了热锅上的蚂蚁，这趟回家，是见母亲最后一面。家里打来电话时，他朝着家乡的方向重重跪下，娘，您一定要等我回来！

他跟售票员解释，央求先赊给他票，回来再补钱，但售票员哪里肯。他向周围的人求爷爷告奶奶，他们把他视同那些乞丐，没一个愿施以援手。车要开了，他狂奔上去，却被搡了下来。最后，他怀着一线希望打电话给工友，岂料也遭到了拒绝……

就在他走投无路时，一个老乞丐端着搪瓷盆走来，把盆里皱巴巴的钱一张张叠好递给他，小兄弟，拿着这两百元，快去买票！

他怔住了，不敢相信一个乞丐会给他钱，而且还给他两百元。他没接，老乞丐说，拿着，就算借给你，我向丐帮兄弟们讨的！他哆嗦着手接过钱，往地下一跪连磕三个响头，哽咽着说，我回来一定还您！

他赶到家时，整整延迟了一天，母亲的入殓仪式已开始，他扑了过去，哭得天昏地暗。家人用力去挽，他说，母亲的鞋带松了，我为她重新系一次……他一丝不苟地为母亲系好鞋带，就像小时候上学时母亲躬下腰为他系紧鞋带一样……

办完母亲的后事返回车站，他一下车就去找老乞丐，找了一遍又一遍，却没见着影踪。他就去问那些"丐帮"兄弟，他们也一个个摇头。

他发誓一定要找到恩人。于是，提了个蛇皮袋在车站捡拾垃圾，他相信恩人总有一天会出现。一天天过去，仍没看到他，看到的却是乘客的钱包经常失窃。他对那些遭天谴的扒手恨入了骨，只要看到一些手图谋不轨时，他就走前去敲边鼓——请系好您的鞋带！

为此，他没少挨过揍，但他不怕，他怕的是这个世界只剩下无耻和冷漠！

我难以言状自己听完故事时的心情。我说，你还要一直找下去吗？

他说，找啊，这种人值得用一辈子去寻找！然后，他疑惑地问了我一句，您真是警察？

我当然不是，但我却坚定地点了点头，好让他的寻找多几分底气。上车时，我没给他钱，他要的不是金钱，而是一把可以掸拭心灵的拂尘！

看着他孑然的背影，我又听到他说，先生，请系好您的鞋带……

空中玉米

　　他站在全城最高那栋楼的最顶层，真想用手拢在嘴边大吼一声："我是雄鹰！"但他还是忍住了，转而抱起妻子沿阳台兜了一圈。他实在太高兴啦，终于买下这套"一览众山小"的房子。

　　看得出，妻子最喜欢的就是这个五十平方米的阳台了。她一下班就把雇人挑上来的泥土堆到阳台一角弄松、平整，然后栽上一株株玉米苗。在他眼中，爱家的女人多是现实主义者，而他则是一个"现实加浪漫"主义者，他接受了妻子的这一"创举"。空中玉米该另有一番滋味吧，他笑道。对呀，我这玉米能吸最多的日月精华，吃了会把你送到嫦娥身边，妻子说得挺幽默。

　　玉米终于拔节了，包裹了，抽穗了，结籽了。

　　晚上，一揭开锅，玉米香扑鼻而来，满屋子顿时香气四溢。他乐不可支地拿出一个玉米棒，轻轻剥开外衣，露出一排排亮晶晶黄澄澄的籽儿，看着简直是一件艺术品，便不忍下口，这样若捧至宝一般走出阳台。周围楼群一个个窗口射出的灯光擦亮了他的眼，他忽然惊叫起来，喊出妻子，说这些夜晚的楼群太像你种的玉米了，那亮着灯的窗口，就是金黄的玉米籽啊！那一栋栋高楼，就是你种的玉米棒啊！他还夸许妻子，你把那些楼群都移栽到家里的阳台上了！妻子无意地挖苦道，看把你美成啥了，好像你就是管这座城的。这话刺疼了他，自己现在是啥，只是一个不起眼的科长，说一万句话还抵不得人家局长鼻子里哼出的气息。

　　他低下头，默默地把玉米棒放到唇边，狠狠地咬了一口——嗯，真香！他想再咬第二口时，意识到自己的吃法错了，重新沿着一排排的籽儿由下至上吃起，吃完第一排，再从下往上吃第二排……每吃完一排，便泄愤地看一眼前面的高楼，他要把这个城市的楼群一栋一栋地吃掉。

好几年来的夜晚，他总是这样看着万家灯火吃着空中玉米谋着似锦前程……

他常如此断想，城市就像一大片玉米地，高楼群都是一个个玉米棒。现代人自己建起一座又一座玉米楼，最终却被那些善于攀爬的人当作玉米吃了。

他果真嚼出了空中玉米的另一种滋味，如愿坐上了副局长的宝座！他仍然喜欢踱出阳台带着深沉去解读这座城市，也许只有他才会把一栋栋混凝土的建筑物视为提取精神力量的图腾。只是，他不再爱吃玉米。他几乎每晚都喝得醉醺醺才回家，往沙发上倒下去，尽说些胡话。当妻子递给他玉米棒时，他咧着嘴剥开薄衣，斜睨着眼痴痴地看它赤裸的玉体。他一会儿嘿嘿地笑，一会儿用鼻子下作地嗅嗅，它已成了他心中另一个被猥亵的她。那次，他去美国芝加哥观光，专程看了惟妙惟肖的玉米楼，再一次印证了他曾经的断想，因为那里兼具"衣食住行乐"，现代人真的把它当作可以享用的玉米了。他亦意外尝到了一颗珍珠似的玉米——在玉米楼认识了同一旅游团的美若嫦娥的她，两人很快便如胶似漆地粘上了，他从此玩起了婚外情。他不觉得有半点愧疚，一个胃口好的男人是不能只吃一个玉米棒的，只要能吸收消化，多吃几个无妨。

"吃腻了外面的山珍海味，就瞧不起家里的粗粮了？"妻子见他还拿着那个玉米棒傻傻地玩弄，便说了句绵里藏针的话。他听着有点麻辣，便不想待在厅里，东倒西歪地走出阳台，想看看"玉米楼"的灯火。不知怎的，这曾经熟悉的楼群灯光刺疼了他的双眼，忽然一阵冷风吹来，酒精浓度尚高的脑袋顿时冷飕飕、昏沉沉的。他退回厅里，狠狠咬了一口玉米，随即吐了出来——这变成啥味儿了？

几年来，他便不再看楼群的灯火，也不再吃妻子煮熟的空中玉米。他已摇身变为一局之长，这可是说一不二、翻云覆雨的"一把手"啊！他自住入那全城最高楼的最顶层便立下了海枯石烂的誓言：要做人上人！如今终于船到桥头了。可惜某年的一夜之间，他悲惨地翻了船。因为那个芝加哥玉米楼上认识的"嫦娥"，发现他喜新厌旧连吃了多个"玉米棒"，一怒之下向检察院揭发了他不可告人的贪污史和性丑闻！

　　狱中，贤淑的妻子特意带来营养炖品，他不吃。她问，你想吃啥？他强忍着泪挤出几个字——想吃空中玉米！妻子失声痛哭，那块玉米地多年前早已荒芜……

三角形的月亮

　　月色穿透这喧嚣了一天的古城，把偌大的地方照得如同白昼。一年一度这样的满月，孟小波已仰望了三十个轮回。

　　他又斟满一杯高度的白酒，吆喝着朋友连同他那高度苦恼的心情一饮而尽，然后把杯子重重地摔向桌面，它画了一条弧线，"砰"的一声掉到地上，杯子碎了，孟小波也醉了。

　　他仰头看了一眼圆月，忽然惊叫道："这月亮怎么变成了三角形？对，重重叠叠的好几个三角形！"朋友怪笑起来："你一定在搞三角恋爱吧，才会把月亮看成三角形！"孟小波用力吞了一口唾液，胡诌道："一角难成偶，两角配鸳鸯，三角新时尚！"往日，他是不会这样胡言乱语的，只因今天心里郁闷，趁着强劲的酒力便说出了这无厘头的话。

　　一年来，他盼星星盼月亮盼妻子生个胖小子，但妻子不争气，今天偏给他生下个"月亮"。孟小波是独苗，父母在他和妻子面前叮嘱了一千零一遍，要他们生个带茶壶嘴的，好为孟家延续香火。孟小波这观念也根深蒂固，妻子却说顺其自然才是生存之道。

　　妻子最终生了个女儿，他能不苦闷吗？他是在她吃力地哄着大哭大闹的女儿时离开产房的，在此之前，他的父母没来看过。当月亮爬上医院的窗台时，邻床产了个男孩，孟小波妒火顿生，他在女儿的哭闹声中摔门而出，叫了几个朋友借酒消愁，他喝得烂醉如泥，以至把月亮看成了三角形。

　　他不想回家，更不想去医院照料妻子和女儿，他要去"月亮湾"潇洒一回！

　　"月亮湾"的灯光始终是暗红的，充满诱惑，透着暧昧。他七倒八歪地走进去，一股脂粉味扑鼻而来，他深深地嗅了嗅，顿觉酒力减轻不少，便看到了一群秀发、媚脸、玉臂、低胸、短裙和白腿。他无力地朝里指了指，喷着酒气说："老……板，叫个……养眼……的！"老板安排了一个和他年龄相仿的靓妹，他伸手搭在她肩上，深一脚浅一脚地走上楼去。

他躺在按摩床上，好舒服。他朦朦胧胧看到靓妹月亮般的脸，伸手就要摸，却被她挡住了，送来的是一串银铃般的声音："先生，您太累了。躺好，我帮您松松筋骨！"孟小波感到这话好贴心，便规矩地躺正。她娴熟的按摩动作，使他很想好好地睡一觉。他确实太累了，这几天妻子待产，他一直没睡好。特别是女儿的降临，无异于在他疲惫的心里压上一块石头。他打了个长长的呵欠，沉沉地睡了过去。

突然一阵手机铃声响起，孟小波很吃力地睁开眼，他从裤兜里摸出手机，一看是妻子打来的，连忙按下拒接键。按摩女推开窗户看着外面，他看到了明月，它还是有点像三角形，便使劲揉了揉醉眼，它又变成了很多个三角形。于是他口齿不清地问她："月亮圆吗？""很圆呀！"他又问："你在赏月？""不！""那你为什么推开窗？""你真的想知道吗？"按摩女认真地答道。"不可以告诉我吗？"孟小波继续追问。"我在看我的女儿！""你的女儿，她在哪？"他感到奇怪。她指了指对面那栋楼："就在那亮着灯的屋子里！""看不出你做了母亲，她读书了吗？"她摇摇头："她这辈子可能上不了学！"孟小波感到有点不对："为什么？"

她告诉他：丈夫在一次矿难中再也没回来，家里雪上加霜，她便带着四岁的女儿背井离乡来广东谋生，在一家超市当售货员。一天，顽皮的女儿弄开了出租屋的门走上马路，被迎面疾驰而来的货车轧断了双腿，司机却一溜烟跑了。好心的市民帮忙把女儿送进医院，举目无亲的她拿不出钱支付女儿的医疗费。就在一筹莫展时，有人劝她趁早放弃，她噙着泪咬牙道："就是卖血我也要让女儿活下去！"市电视台对此作了专题报道，一位素不相识的老板看到后深受感动，为她解了燃眉之急，后来她才知道他是"月亮湾"的老板。为了报恩，更为了让女儿过得安稳些，她不得不走进"月亮湾"做按摩女。

她在"月亮湾"对面租了房子，便于照料女儿。还特意在她床头装了两个电灯开关，一个控制照明灯，一个控制红色电灯。她告诉女儿，当发生急事时，你就按亮挂在窗前的红灯，妈妈在外干活时便能看见。因为妈妈心里也有一盏灯，你的红灯一亮，妈妈心里的灯也就亮了。懂事的女儿很少按红电灯，虽然她不知道妈妈干什么活，但她知道妈妈干活一定很辛苦，再大困难她都要自己克服。

孟小波眼睛湿润了，他定睛看着对面楼的那盏灯，它忽然变成了红色，他忙用手指着说："快看，红灯亮了，你的女儿一定有什么急事！"她抿嘴一笑："她是叫我回去了，我答应她今晚十点半就回家，陪她一起看月亮，因为今天是中秋节！"

他心头一怔，酒全醒了——对呀，今天是中秋节，而且是女儿出生的日子！他跳下按摩床，从钱夹里掏出一百元递给她，真诚地说："给您的女儿买个月饼吧！"她拒绝了："谢谢，我不能随便接客人的钱！"

孟小波朝她友好地笑了笑，扔下钱脚步轻快地踏出"月亮湾"。此时，他终于看见天上的月亮是那么圆、那么亮，仿佛女儿笑吟吟圆溜溜的脸蛋儿！

会飞的钞票

我失业后，越发觉得没钱就像人患了贫血病，头总是昏沉沉的，在人前耷拉着脑袋。尤其在老婆面前，更是直不起腰来。我失业那天起，她的脸色一天比一天难看，动不动就骂我窝囊废，我的心一阵阵绞痛。

这天，我在家闲得直想打盹，老婆忽然递过一叠票据，说："别傻愣着，去把这些费交了！"我攥在手里，却没挪步，过了好一会儿才涨红着脸吐出两个字："钱呢？"老婆没好气地扔过几张百元大钞，它们在空中骄横地飞舞，画了条抛物线后飘落在地。我赶忙哈巴狗似的一张张弯腰捡起来，边小心翼翼捏着边用畏惧的眼神看她，然后夹着尾巴溜了出去。

我去的第一站是供电营业厅，一踏进门就看见人们排成了一条长龙。我耐着性子等了二十多分钟，前面走出五六个人，我挪前了几步，眼前忽然一阵昏黄，双腿一软差点跌倒。重新站稳后，心里愈加后悔自己成了无业游民，整天遭老婆的冷眼。昨晚她把我数落得左右不是人，害得我一夜都像蒸笼里的老鼠，受尽了闷气，几乎睁着眼熬到天亮。正当我眼前又一阵昏黄时，看见前面那位老伯手里攥着一张亮闪闪的钞票，精神立马为之一振。我仿佛找到了救命稻草，眼睛一眨不眨地盯着。我索性一只脚踏出"长龙"，两眼朝前一个一个地望过去——天啊，每个人手里都攥着亮闪闪的钞票，足有十几张！要是它们的主人像老婆在我出来时那样恶狠狠地扔给我，那该多好，我会在钞票还恣意地飞舞于空中时，向他们一个个磕头高呼"万岁"，然后哈巴狗似的一张张捡起来。正在我那双贼眼射出逼人的光时，他们扭过脸来，用异样的眼神看我，我连忙缩进"长龙"，老老实实地站好自己的位置。

第二站是电信营业厅。当我又看见一条长龙横在眼前时，心情居然异常兴奋，像非洲难民领取救济粮似的眼睛闪着泪花，死盯住那个透出希望之光的窗口。我站直了腿，眼光却不自觉地移向他们攥在手里的钞票上，心里飞出几十只蜜蜂，在空中跳了一圈优美的"8"字舞，便扑向那一张张比花粉还香的钞票。它们射出体内那根唯一的刺，他们一个个"哎哟哟"地乱叫，一张张钞票蝴蝶似的飞到了地上，我忙趁火打劫地蹲下身去捡……一阵钻心的疼痛把我从幻觉中惊醒，我伸出的手被人狠狠地踩在脚下。"你怎么抢我掉下的钱?!"一双狼一样的眼睛射出白光——天啊，真有人的钱掉地上了，我竟然狗胆包天地伸手去捡! 我咬着牙缩回受伤的手，得到一句万箭穿心的回话——光天化日抢钱，真他妈穷死鬼转世! 这时，我感到自己真的像一个无良的难民……

第三站，自来水公司营业厅——第四站，建设银行住房公积金缴费窗口——第五站，移动公司收费点……

每一站都是长龙蜿蜒，每一站我都为钱痴狂。我听到很多人总在抱怨缴费是个双亏的苦差，既要掏腰包，又白白浪费时间，但我却很乐意挤"长龙"，那里没有老婆的谩骂和牢骚，那里有我的定心丸和兴奋剂。然而，我总想不明白，为什么他们会这么有钱，而我却穷得只剩下势利的老婆? 为什么他们会讨厌排长队缴费，而我却钟情"长龙"。也许脑子里老是装着那个"钱"字，也许受到了"长龙"的启发，回到家后，我把收款单扔了一地，大声说："我要开公司!"

半个月后，我借钱开了全市首家"代缴费公司"。市民只要把每月需缴费的单据和款额拿给本公司，我便可派人到各个营业厅代缴费，每缴一百元费用，我收取百分之二的手续费。他们都说这样收费合理，能省很多时间，又可免却等待之苦。想不到开业以后，生意出奇的火爆，一下子便有几千户到公司办理长年缴费手续。

我手里终于有了钱。醉醺醺地打开家门时，老婆迎了出来，怪怜惜地说："喝那么多干啥?"我掏出一叠亮闪闪的钞票，提高嗓音说："酒都是米做的，钱都是纸做的，都给你啦!"说着把钞票扔过去，它们在空中天女散花似的翩翩起舞。老婆挺心痛地说："怎么乱扔?"我说："你看，它们的舞姿多美!"

官道向左

这场蓄谋已久的会议终于来了。

来得前呼后拥，来得急风骤雨。市委组织部长领着县政府的新掌门人，鲜衣怒马地坐到了主席台上。新县长在组织部长唾沫星子满天飞的时候，摇笔忠实地记录一场"天气预报"。台下看到未来一片蓝天白云、云蒸霞蔚、蔚然成风。很多人惊讶地发现了新县长的一个秘密，这个秘密跟布什、克林顿、奥巴马有关。

佑春却对这个秘密浑然不觉，他的笔正在跳一场踢踏舞，每一个舞步都激情四射，生怕错过了台上的每一个音节，耸着耳朵、涌着热血、鼓着腕劲。他负责写会议纪要，这可是他这个资料股股长的强项，说不定县长一高兴，他任办公室副主任一事就能浮出水面。佐夏却是用眼睛记录这场会议，他雷达一样捕捉县长的每一个眼神和动作，当他发现那个天大的秘密时，脑际灵光一闪。他用不屑的眼神看了一眼佑春，看你这个资料股长的笔妙，还是我这个接待股长的脑灵！

佑春是个拼命三郎，连夜赶写纪要，写了改，改了写，眼里的血丝烧成了灯泡里的钨丝，亮闪闪，颤巍巍，随时都有熄灭的可能。但他凭着两包烟，愣是挨到深夜三点，把纪要升华为了圣经。梦里县长化身耶稣，为他这位信徒带来了仕途的福音。他觉得这三四个小时的睡眠抵得上以往所有睡眠的总和，上班时没吃早餐就神采奕奕去了县长办公室。

可是，县长不在。佑春折回办公室，倒杯开水就着包子咽起来，把脖子扯成了长颈鹿，总算咽下去一个，又去找县长，县长依然不在。他只得踅回来，就着开水再咽下一个，又赶去那个神圣的地方……每一次都是步履生风地去，每一次都是秋风扫地而归。同事看着他鬼魂附体似的身影，问道，佑春，瞎忙啥？他亮出纪要，嘴一努，县长要看！纪要就成了他的护身符。

直到下午四点，佑春不知第几十次赶去县长办公室时，才看到里面已排成长龙。站在龙尾的佑春翘首企望，却怎么也看不见坐在龙头的县长大人。干等了近两个钟头，龙头跟龙尾才越缩越近，佑春终于在半米之内见到了县长，他像大臣向皇上呈奏章一样把纪要递给县长，又恭敬地用右手递上一支五叶神。县长轻瞄了他一眼，随手把烟放到左手边，那里已堆着十多支高档烟。

就在县长看纪要时，佐夏猫着腰进来了。他声情并茂地叫了声县长，县长抬头给了他一个微笑，佐夏用左手递过去一支烟，同时掏火机点燃。县长吧嗒了一口，非常写意地吐出一串烟圈。

佑春看得出，县长品那支烟比品纪要来得认真。只消几分钟，烟抽完了，纪要也看下去了，他轻轻点了点头，不知是烟的味道不错，还是对纪要表示满意。佐夏很适时地请示县长用餐，县长手一挥，走，你们陪我一起吃饭！两人受宠若惊，屁颠屁颠跟着县长上了酒楼。

佑春右手端杯向县长敬酒，佐夏左手端杯向县长敬酒，县长象征性地品咂了一口，眼睛紧紧盯着电视，一场 NBA 篮球赛正在直播，只见 NBA 雄鹿队迈克尔·里德左手举球准备投射。县长问，你们说能不能进？佑春看到里德离篮板老远，而且用的是左手，便摇了摇头，果断地说，我看进不了！佐夏却不以为然，成竹在胸地说，准进！说话间，球"嗖"地飞了出去，不偏不倚进了球网。三人六眼相对，县长最后把目光停在佑春脸上，说，千万不可低估左手的力量！佑春低下头，仿佛佐夏成了里德，而他成了他的手下败将。

县长呷了口酒，讲了一个关于左手的故事：克林顿十三岁时边打工边上学，他干活用的是左手，食品店老板嫌左手不吉利，非让他用右手干不可，克林顿因不习惯摔了盘子，老板骂道：一个左撇子是绝不会有出息的！四十年后克林顿到中国访问，时任上海市长徐匡迪看到他用左手写字，开玩笑说：布什总统也用左手，看来左撇子容易当总统！

佐夏及时补充道，奥巴马写字也是用左手！县长点了点头，伸手夹了一束菜，天哪，县长用的正是左手！

佑春失了神，县长的这个秘密以前怎么没发现?!

佐夏却是从那次会议发现县长的秘密后，立马改成了用左手的习惯。因为用左手，他如愿当了县长秘书，兼任办公室副主任。

有一次佐夏却犯了个错误。县长说要去美国考察，佐夏自西向东转动地球仪找美国版图。县长纠正道，方向反了！他心里说，地球不是自西向东自转的吗？但他还是按县长大人的指示，自东向西转动地球仪。

后来他明白了，县长坐的位置，自西向东那是右转，自东向西才是他的方向！县长说的永远是对的，向左，一路向左就到了美国，美国有三位左撇子总统在等着他呢……

闹鬼的豪宅

　　萧总的伯父萧卓京是个老企业家，昨天突然发生车祸到了另一个世界。因为伯父就只萧总一个亲人，他便顺理成章继承了他的遗产，其中价值最高的是一座五层豪宅。萧总开的皮具公司生意一直"低势运行"，伯父的猝死，使他喜获意外之财，难怪他乐得梦里都在发笑。

　　恰好萧总住房的那条街要规划拆建，他便携妻带子搬进了这座豪宅。摸着意大利真皮沙发，踩着马可波罗新式瓷砖，看着超薄型数字等离子电视……他做梦都没想到自己一夜之间成了这里的主人，正陶醉间，他接到已近一年没联系过的老相好蒋玲的电话，说要庆贺庆贺他住进豪宅。萧总乐不可支，骗妻子说要去公司一趟，随即开车与蒋玲幽会去了。

　　萧总下半夜才回到家，翌晨睡得正熟，妻子惊慌失色地弄醒他。原来养在后院的一只宠物鸟被缚了双爪和翅膀供在正燃着三炷香的神龛前，此时香快要燃完了。妻子吓得脸色铁青，才五岁的儿子也一脸惊恐。家里就只三人，昨晚又没客人来。萧总那高 IQ 的商人脑瓜竟也解不开这个谜，妻子掩住脸哭了，连说"闹鬼了！闹鬼了！"萧总屋前屋后检查个遍，门窗丝毫无损，也没发现其他异常。

　　这几天公司很忙，萧总没把这事放在心上。岂料一个星期后，那恐怖的一幕又神不知鬼不觉地上演了，一只宠物鸟被绑着可怜兮兮地供在燃着三炷香的神龛前。妻子惊得哆哆嗦嗦，说难道是阴间的伯父死不瞑目，灵魂还在豪宅里游荡？萧总想起宠物鸟是伯父的心爱之物，他生前把它们视为儿女来侍弄，死后便要它们供奉伯父的灵魂。萧总脑子里浮起这个想法，禁不住打了个寒战。当妻子提出请巫师驱鬼祛邪时，他不假思索地同意了。

巫师大闹了一场后，煞有介事地说是萧卓京的阴魂在作祟，如今被他逐回地府。还在豪宅四周贴了灵符，说日后再也不会闹鬼了。但事隔一个星期，"闹鬼"事件还是发生了。萧总觉得这事另有蹊跷，他回想着前几次闹鬼的时间，竟然都是星期三，他惊讶得嘴张成"O"形。于是，他在后院安装了摄像头。

好不容易到了星期三，这天晚上，萧总叫妻子早点睡觉，自己坐在监控视屏旁边，专等"鬼"出现。从晚上十点挨到十二点，视屏里的后院一直没动静。萧总不觉睡意袭来，但为了逮"鬼"，他一支又一支地抽烟强打精神。子夜已经过去，后院静谧如常。两点钟过去了，仍没发现有啥异样。萧总使劲揉了揉太阳穴，眼睛一刻也不敢离开屏幕。当时针指向三点，萧总眼睛一亮，浑身打了个激灵，马上捻灭抽着的半支烟，因为视屏里出现了一个黑衣人！这家伙探头探脑观察动静，然后径直走到鸟笼旁伸手捉来一只宠物鸟，用绳子缚好后走到神龛前。萧总拿起准备好的一根铁棒，蹑手蹑脚地走向后院。

只见那黑衣人正把点燃的香插到香炉里，萧总闷着气恶狠狠地吼了一声："死贼，看你哪里逃！"说着举起铁棒就要抡过去。那家伙闪到一旁，忙乱地扯下黑头巾，一绺长发甩下来："萧总，别……是我！"是个熟悉的女声，萧总愣了一下，女声又道："蒋玲！"萧总简直不相信自己的耳朵，举着铁棒的手软了下来。

在萧总的威逼下，蒋玲不得不老实交代。原来，她是萧卓京死前不久认下的干女儿。那次，萧卓京登城郊的南天嶂时不小心崴了脚，被蒋玲碰上了，她搀扶他下山，还送他到医院，他很感动，便认她作干女儿。其实，蒋玲早已瞄准了萧卓京这个富翁，企图从他身上刮油。那次发现他一个人去登山，便悄悄尾随而去，于是有了前面"美女救富翁"的一幕。

认识才几天，她就急不可待向干爹索要见面礼。萧卓京是个佛学信士，家里后院专门设了神龛，便对蒋玲说："干爹当然有礼物送给你。你只要逢星期三晚上给家里的神灵奉香，以生灵当贡品，奉完香后把它放生，如此烧十次香，神龛便会自动移开，里面有一无价之宝，那就是干爹送给你的见面礼！"蒋玲依计烧了几次香，每次都是干爹开门让她进去。但萧卓京突然发生车祸而终，她捶胸顿足，以后不知怎样进豪宅烧香求宝了。正当蒋玲一筹莫展时，得知自己的老情人萧总继承了干爹的豪宅，于是打电话约他幽会。趁他熟睡时，悄悄拿出他皮包里的钥匙印在橡胶泥上，配了豪宅的一整套钥匙。她下半夜潜进去烧香，待香燃尽时已晨曦初微，便来不及放飞宠物鸟。结果事情就露馅了。

萧总听后，觉得这女人是只满肚子毒水的美人蝎。幸好自己发现得及时，不然一家子会被这"女鬼"搅成神经病，更重要的是神龛里那无价宝会落进"女鬼"之手！他不等轰走蒋玲，就一把砸烂了神龛，里面果真放着一个精致的盒子，他打开细看，两眼黯然失色——盒里躺着一本普通的《金刚般若波罗蜜经》！神经高度紧绷的蒋玲看见后一下子晕倒在地上……

人与犬

陆阳开的发廊近日门可罗雀，一打听原来很多熟客走进附近新开张的创意发屋，他实在坐不住了，难道那发屋引进了俄罗斯姑娘？他逮住一个刚从里面出来的男人问个究竟。才知道那发屋以一条颇通人性的比格犬招揽客人，一有客来，它便会站直身子前脚一抱呈作揖状，客人走时，则会站起来摇摆前腿，向客人"拜拜"。

陆阳暗笑，这年头发廊竟以狗揽客，还"创意"呢，真是邪乎！他决意去里面探个虚实。正想踏进店门，一条黄褐色的狗摇着尾巴跑来，忽然两腿一站，正向他作揖呢，逗得坐着等候的客人"嘻嘻"地笑。比格犬引着他来到一空位上坐下，然后带着服务员端来一杯热茶。转眼间，它又跑到店门口送客去了，你看它那"拜拜"的姿势，怪讨人喜爱的！陆阳坐定后，发现店里的洗头妹异常漂亮，那些耐心等候的男客们，一个个的眼睛里射出热辣的光。他想，我以为是什么创意呢，表面拿"狗"当幌子，背后还不一样是干那勾当！

比格犬送走一批客人，又迎来一批。好不容易轮到陆阳，他从镜子上侧目瞄了一下这靓丽的洗头妹——该隐的隐，该露的露，该凸的凸，该凹的凹。令他惊叹的是，她的"洗"艺还真不赖，手指灵巧，细搔轻弹，顿时神清气爽。他的手蓄意在她的手上、腿上蠕动起来，她却很巧妙地把他的手移开。还假正经呢，陆阳这样想着，竟得寸进尺地往她圆圆的屁股上摸。比格犬突然"汪汪"吠了两声，他忙把手缩回来，它正摇着尾巴煞有介事地瞪他呢，店里的男客们"哈哈"地笑开了，陆阳一下子尴尬起来。

结账时，老板娘多看了他一眼，陆阳心里直发毛。在踏出店门的档儿，比格犬不计前嫌跑来送他，你看它那乖样，简直和人无二。陆阳特意看了一下狗屁股，是条母的！

他暗下决心制服比格犬。于是，他买了一条叫"豹仔"的公犬，特意请来驯兽师对它强化训练，使它学会引诱"女人"。这天，陆阳吹着口哨牵着"豹仔"走进创意发屋，自己坐到洗头位子上等着看"戏"。只见"豹仔"像馋猫见了腥似的摇头摆尾挑逗比格犬，它却不理不睬，坚守岗位。"豹仔"仍然软磨硬泡，伸出舌头舔它的嘴，比格犬吠了它一下，继续迎宾送客。"豹仔"自讨没趣，跟着它瞎转悠。这时，比格犬看见陆阳又在摸洗头妹的屁股，便毫不客气地朝他吠叫，陆阳低头牵着"豹仔"溜出店门。老板娘不失时机地说："欢迎下次光临！"

他心里愤愤不平，再一次请来驯兽师调教"豹仔"。见时机已成熟，又牵着它直闯那发屋。开始时比格犬仍不理它，但"豹仔"用尽十八般"武艺"，比格犬终于渐渐接受了它，和它亲近起来，还跟着它满店子遛，忘了自己"迎宾送客"的职责。老板娘诱导它，它却视而不见，与"豹仔"又是亲吻又是嬉闹。洗头妹操起扫帚赶"豹仔"，它却很机灵地躲开。更令人恼怒的是，它竟然当众拉了一堆屎，店里一下子乱了套，有的客人坐不住了，捂着鼻子走出店门。陆阳洗头时一直在窃笑，还强占了洗头妹不少便宜呢。离开时老板娘用一种异样的眼光看他，他倒觉得很解恨。他为自己的高招沾沾自喜："看来母犬还得倒在公犬怀里，我要经常带'豹仔'去光临！"

几天后，陆阳又牵上它踏进创意发屋。这次看到多了一条白犬，它们那配合默契的样子，令客人们忍俊不禁。陆阳满以为"豹仔"的介入，会乱了它们的方寸。想不到比格犬连睬都不睬它一眼，依旧与白犬认真履职。被按住洗头的陆阳只得忍气吞声。洗着洗着，他又摸那洗头妹的圆屁股，比格犬眼亮得很，又朝他"汪汪"地吠叫，还恶狠狠地瞪他呢，陆阳自然又遭到大家的讪笑，他心头马上升起一股怒火。便鼓动"豹仔"亲近比格犬，岂料被那白犬拦住，龇牙咧嘴哼着鼻子把它逼向店门。眼看"豹仔"惧怕了，陆阳猛吹一声口哨，它立即张牙舞爪扑向白犬。它也拳脚相向，大展雄风，只一个回合，"豹仔"就被咬了耳朵，鲜血一滴一滴流下来。"豹仔""嗷嗷"直叫夹拉着脑袋溜了，陆阳只得跟着沮丧地逃之夭夭。老板娘看着他狼狈而去的背影，心里暗笑：我把比格犬调教成白犬的爱人，那犬竟胆敢挑逗比格犬，白犬肯定不会放过它！

这事很快传到一新闻记者耳朵里，他深入采访后连夜赶稿，翌晨在该市的日报上登出一条新闻：创意发屋怪招迭出，新潮服务守德经营。内容大致写到，该发屋技术一流，服务至上。饲养的一比格犬颇通人性，以礼待客，引来众多市民前往光顾。一客人数次肆意非礼洗头妹，均被比格犬吠叫制止，大家都说这是一条义犬。这得归功于它的女主人，她是一位高级驯兽师，多年来一直在搞创意驯犬，着重挖掘犬的善心。创意发屋是其研究"人与犬"课题的重要试点。该新闻一见报，创意发屋的生意更加火爆！

"名家" 诞生记

唐风迷上了国画，苦练数月后，对画作自感不俗。朋友笑说有岭南画派的味道，若包装好了准成名家，如今名家和明星是同一条藤上的瓜，还不都是靠人捧红的？唐风的名利心便迅速膨胀起来，只要出了名，准能捞大钱，只要捞了钱，便可玩世界！于是，他脚步生风踏进"名人公司"的门。

"名人公司"的张经理说："只要你按我设计的方案去做，包你名声大振。不过你得先付五万元！"唐风犹豫了，张经理继续说："如果达不到你出名的目的，我们公司会加倍赔偿你！"唐风终于心动了，但账上连一千元都不到，便向开废品店的好友曹全借款。把好不容易借来的五万元交清后，张经理跟他签了份协约，随即启动方案的第一步——叫唐风出三百元小钱入了《中华当代名家大典》，然后打电话叫来自己的铁杆兄弟——电视台某记者，把唐风和他的国画以及入录《中华当代名家大典》一事当作奇闻向他介绍，特别说明唐风学画仅几个月便在画坛上有所建树，真是旷世奇才！某记者便扛起摄像机对唐风进行深度采访。

翌日，唐风的光辉形象堂而皇之上了电视新闻：神奇画家再世，数月炼成真功。唐风一时声名鹊起，不少市民慕名前往求画，张经理叫他一律婉拒，连夜赶绘画作数幅。接着启动了方案的第二步——举行唐风作品推介会。

这天，推介会现场人山人海。唐风先绘声绘色介绍了自己的成才之路，让大家听着是"无师自通，画艺速成"这么回事，台下竟出人意料的掌声雷动。然后由张经理特邀的一批"专家"对唐风作品进行专业点评。大家听了一个上午，才知道唐风画作与众不同的特点：基于传统又

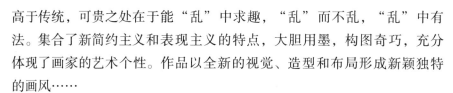

高于传统，可贵之处在于能"乱"中求趣，"乱"而不乱，"乱"中有法。集合了新简约主义和表现主义的特点，大胆用墨，构图奇巧，充分体现了画家的艺术个性。作品以全新的视觉、造型和布局形成新颖独特的画风……

接近尾声时，唐风还现场泼墨挥毫，即兴画了十幅花鸟作品，无偿送给抽中的十名幸运观众。按张经理的说法，这招叫欲擒故纵，现场拿不到画的人会不惜代价向你求画，那时便是你财源广进的时候。散会时，唐风被他的"粉丝"们围得水泄不通，个个争先恐后求他签名留念，有的一时来不及拿笔记簿，便干脆脱下衬衫叫他签。唐风写得手臂酸软，回家后有气无力地跌坐到沙发上，但他仍然回味着做名人的感觉——就像被大臣们簇拥着坐上金銮殿的龙椅，还"万岁、万岁、万万岁"地呼得山响呢！

这时，朋友曹全打来电话要他去一趟，他喜滋滋前往，以为他也想向自己求画哩。岂料曹全说近来废品店资金告急，那五万元是不是该完璧归赵了？唐风虽然出了"名"，但还不见名利双收。他一时面有难色，想到自己离发财的日子不远了，便马上拍着曹全的肩膀说："不就五万么，日后加倍还你。你知不知道19世纪挪威画家蒙克的一幅《呐喊》值多少钱？他奶奶的，值9700万美元喔！老兄，实话告诉你，如今我唐风的名气也不小了，要不我画几幅作品给你，他日保证升值，到时发了横财可不要忘了请我喝两盅！"曹全恼怒地哼了两声，从店角落里提起一个垃圾袋丢到他面前——原来是一些揉皱的纸团，他展开细看，顿时一阵头晕，这正是他在作品推介会上现场画的十幅画！其实那十名幸运观众拿了画后，看不出个子丑寅卯，都说是鬼画葫芦，纯属骗人的商业炒作，便一个个气愤地把画揉了，扔到旁边的垃圾桶里，恰巧被人连同破烂捡了卖到曹全的废品店。

唐风怒不可遏，直奔"名人公司"找张经理理论，要他加倍赔偿自己的钱。张经理拿出协约扔到他面前，说你自己看清楚了，我们公司是包你出名，而没有包你赚钱的协议！

豆腐宴

　　董书记是冲着与张老板多年的交情，才七拐八弯通过正常的招标程序，把坐落于镇里的横江大桥包给他承建的。当然了，张老板也挺会做人的。

　　工程揽下来后，张老板常请董书记吃饭，吃的是那种"一条龙"的。酒至半酣，董书记总要加重语气说，老张，这桥市里挺重视的，是民心工程、德政工程，要是出了半点差错，我可不轻饶你！张老板总是先敬他一杯酒，然后信誓旦旦地说，就冲您董书记，我敢忽悠吗，我姓张的给您整出个亮点工程来！说多了就等于白说，以后吃饭时董书记索性就缄口不提了，和他尽兴饮酒作乐。

　　横江大桥终于完工了，镇领导到现场看了，上头交通部门验收组的也来了，个个都鸡啄米似的点头称好。张老板便纠缠着董书记把工程款结清，然后请他们到豆腐山庄吃晚宴。张老板安排董书记坐到首座，说今晚请您尝尝豆腐宴，说着菜就上桌了，蒸、烩、炸、炖、煮、煎、炒、凉拌、火锅，红、黄、白、绿果蔬装饰其间，清一色的豆腐素肴被点缀得五颜六色，而且名目繁多，什么"仙人指路"、"金玉其外"、"螃蟹抱蛋"、"白玉公主"……大家忍不住下了筷，个个咂着嘴连说是美味佳肴。张老板敬了董书记一杯酒，董书记说，老张，你挺了解大伙的肚子，一碰大鱼大肉大伙就提不起筷，这素肴吃着挺爽口！张老板刚想说话，外面忽然"轰隆隆"响起雷来，紧接着下起了滂沱大雨。董书记说这真是及时雨，横江大桥刚建好，它就知道来庆贺，晚上下了白天就不会下了，市里的领导明天要为大桥剪彩，电视台记者还要现场采访哩！众人争先恐后向董书记敬酒，恭维之声不绝于耳。

雨越下越大，酒越喝越深。今晚董书记兴致很高，边喝边拍着张老板的肩膀夸他。他能不高兴吗，大桥建成了，明天要锣喧鼓闹剪彩了，更令他满意的是，张老板没少给他好处呢。喝完一瓶酒，又上了第二瓶，又是一番觥筹交错，酒话连篇。直喝得醉眼蒙胧，董书记才语焉不详地对张老板说："痛快……酒……下次……喝！"然后一摆手，晚宴才算结束。与往日不同的是，今晚第一次吃的豆腐素肴被一扫而光。张老板说日后还请大伙到豆腐山庄解口瘾。

　　董书记喝过了头，张老板把他扶到一个房间门口，就被一位风骚的小姐接了进去。外面的雨声使人有点眩晕，雨点下得愈加猛烈，就像无数根鼓槌敲打着张老板的心，他感到隐隐作痛，站在墙角一个劲地抽闷烟。好不容易挨过了漫长的一个多小时，董书记总算出来了，张老板忙迎上去，说那可是"豆腐西施"，是这山庄里的一朵花，挺善解人意吧？董书记说这豆腐宴挺有特色，这"豆腐西施"也蛮有风味的。两人就笑开了，把外面的雨逗得愈下愈大。

　　张老板开车载董书记回家，下车时特意拿出一包礼品给他，说是那山庄的豆腐制品，您回家后不要忘了拆开看看。董书记听了美滋滋的，回到家一拆开，一沓钞票掉了下来，他在心里说，这老张就是会做人！这时手机急促地响起，是镇党政办打来的，董书记嚷道："……下雨……怎么啦？什么……大桥……被洪水冲垮啦?!"外面的雨还在拼命地下，忽然一阵闪电划亮黑夜，只听"轰隆隆"巨雷炸响，使人胆战心惊。董书记简直气炸了，脸色已由红变黑，整个人倒在沙发上，嘴里喷着酒气迸出一句粗话——这狗娘养的，吃完了豆腐宴，倒给我整出个豆腐渣工程！

水浒宴

双手喇叭状，向对岸一声"嗬嗨"。风起、鸟噪、波兴、苇动。朋友的嘴藏有鹊画弓吗？一支响箭破风而去，败芦折苇处便摇响桨声。

江风凛冽，却是清爽。我来了个深呼吸，吸进小岛的明澈，呼出城市的污浊。从城市到小岛，就十公里路吧，我却仿佛走了八百多年，回到北宋末年那个江天寥廓的梁山泊。

船靠岸，沙滩金子一样闪亮，这就是金沙滩么？开酒店的朋友说，真他妈比星级酒店的红地毯还舒坦。踏着金地毯上了岸，传说中的山寨立在眼前，一面旗迎风呼啦啦响。

沿土路前行，满眼的风都变绿。菜畦、葛园、蔗地、蕉林……我看到北宋吹来的风摇曳着一百单八将的身影，清一色的绿林好汉！

我感动于这样的薄凉和纯粹，更感动于朋友的朋友的义勇。

朋友的朋友以前也在星级酒店，掌勺的，一级厨师。那个考究啊，岂止是色香味，还有形神韵，酒店依着他生意飙升，他依着酒店身价飙涨。老板给他一万月薪，说这只是社会主义初级阶段，好好干，咱哥俩同奔共产主义。要不是那天传菜员闹肚子上了厕所，他就不会自己把菜送进厢房。要不是看到那狗日的逼着服务小姐喝冲天炮，还揽她的细腰，吻她的香腮，他就不会故意绊个脚撞在狗日的身上。要不是那狗日的一拳冲过来，他也不会一闪身以致狗头磕桌上。要不是那狗彻底火了，他俩也就不会火拼。要不是那狗被弄断了狗腿，还挂着个工商局一把手的头衔，他就不会被判个故意伤害罪进去了。一进去就蹲了三年啊，狗日的，这天下还有王法吗？

出来后，他想重操旧业，谁还敢要他。包括那位老板哥们儿，兄弟，俺不忍，你是干大事的人，厨房太委屈你了！

没办法，他就独闯江湖，决不掌勺，成日服侍一群狗，太掉价了。他就做了掌柜，专营环保器材，这在不环保的珠三角销路很广，一年下来就赚了大钱。

做掌柜应酬多，频繁穿梭于酒店食肆，不说厨艺，谈这个太显摆。就说那食材，这些年吃啥啥不放心，什么陈化粮、地沟油、毒豆芽、瘦肉精、胶面条、牛肉膏、化学火锅、染色馒头……全是慢性杀手，说不定哪天死在饭桌上还说味道好极了。

他就买下城郊的一个小岛。这岛咋看咋像梁山泊，他兴奋地直呼"替天行道"。好汉上梁山，他就仿建了山寨、黑风口、断金亭、疏财台。

划大块地莳树栽蔬，还养大群鸡鸭鹅、猪牛羊。他用这些绿色食品接待各路朋友和客户。想不到，这对吃腻了酒店的大伙来说，简直是致命诱惑。小岛带旺了生意，生意传扬了小岛。

赚了钱，却不当守财奴。他常资助小岛附近村庄的五保户和贫困学生，铺个路、修个桥、筑个亭什么的，村民都叫他及时雨宋江。

我们的脚步明显轻快了，把城市的喧嚣甩在了背后，绿色的野风飘荡着心灵的方向。

过了黑风口、疏财台——到得山寨前——仰首忠义堂。宋江迎出来，果然是忠义之相，身如劲松，声如洪钟，神如飞龙。

厢房俱命名为"史家村、五台山、景阳冈、快活林、清风寨"。忠义堂贴满一百零八好汉的肖像。朋友笑说，怎么不把宋江换成你的头像？宋江说，俺怎可与真宋江相比，俺只是被地沟油逼到了梁山泊，哈哈！

上菜！清炒萝卜苗，艺名一丈青；五香牛肉，艺名黑旋风；蒜蓉粉丝，艺名白面郎君；葛根红烧鳗，艺名玉麒麟；牛奶木瓜，艺名云里金刚；蜜汁鸡翼，艺名摩云金翅；芋头烧肉，艺名锦毛虎；汆鱼丸，艺名浪里白条……

酒，是自制的高粱米酒。醇！干！一桌子人海喝、海吃、海侃。

朋友眯睁着眼说，兄弟，当年不是俺不留你，是那工商局长对所有的酒店发话，谁要是敢收留那厮，立马就封谁的店。

宋江一摆手，好汉不提当年勇，来，干！

一杯下去，宋江说，给大伙说个事，那天狗日的工商局长带着一伙兵来查俺山寨，到得江心，被俺兄弟张顺掀下水，还把旱鸭子一个个提上船，说俺是浪里白条，够胆的跟俺走！他们连说兄弟掉头吧，俺们再也不来了，哈哈！

大伙听得如痴如醉。这时朋友说，兄弟，今天俺托你个事，收下这位兄弟吧，他在城里混不下去了，吃城里的饭就呕，喝城里的水就吐。

我弯膝就跪，他问，啥名？

我一拍胸脯——林冲！

宋江扶住我，滚下两滴热泪，兄弟请起！

窗外，"替天行道"四字在旗上呼啦啦作响。

第99朵玫瑰

一

开了10多年鲜花店的赵芬上个月买了辆"奥迪"轿车，前几天经过一拐弯处开得快了点，迎面突然奔来一辆自行车，她一时慌了手脚，误把油门当刹车踩，顷刻间便把骑自行车的女人重重地撞倒了，同时倒在地上的还有她载着的小男孩。赵芬顿时吓呆了，那女人倒在一片血泊中，小男孩还好，趴在地上挣扎着想爬起来，那瘦削的脸痛苦地抽搐着，却仍有气无力地哭喊道："妈妈！妈妈！"。脸色铁青的赵芬迟疑了一下，最终还是启动车子一溜烟跑了。回到店里，那凄惨的一幕总是浮现在她的脑际，以致每晚老做噩梦，一种深深的负罪感拷打着她的良心。

二

赵芬的鲜花店开在市人民医院旁边，时下人们到医院探访病人喜欢买鲜花，她的生意红火得很。但接连几天，摆在店门口的玫瑰花总会莫名其妙地少一枝，少了的总是含苞待放的那枝。一定是谁经过店门时顺手牵羊偷走了，赵芬心想。今天她盯紧店门，决意要逮到这个可恶的偷花贼！

盯了一个上午，除买花的人外，却没发现任何可疑的人去碰门口的玫瑰。傍晚，坐在店里的她正想收兵，看到一只手颤巍巍地伸向玫瑰花。赵芬马上站起身，偷花的是个瘦瘦的小男孩，好像在哪见过。脑子里旋即浮现出撞车的那一幕，他就是被撞的那个女人的儿子！本想追出去的赵芬像被什么狠狠地击了一下，脸色难看极了。等她清醒过来后，那小男孩已拔腿走了，她追出店门，看见他走向旁边的人民医院，准是去看望他住院的母亲。"她究竟伤得怎样？"几天来一直失眠的赵芬抵不住良心的谴责，便不由自主地尾随而去看个究竟。

站在病房的玻璃窗外，赵芬看见他小心翼翼地把原来插在母亲床头瓶子上的玫瑰花抽出来，接着把手里的这枝插进去。然后俯下身子跟头上缠了一层层白胶布的母亲说话，而那女人却躺在床上一动不动，眼睛紧紧地闭着，只有小男孩一个人说话的声音。莫非她成了植物人？赵芬不敢再想下去，只觉得自己是一个众夫所指的罪人！

她冒充那女人的亲戚找到了主治医师，医生说她流了很多血，脑部重伤，经诊断是深度脑震荡，送来医院后一直昏迷不醒，也许要昏睡很长一段时间；弄不好的话会成为植物人，但愿有奇迹出现。医生还告诉赵芬：她家里穷，现在只交了 500 元住院费，医院正在考虑她的用药问题。赵芬为她预交了 10000 元费用，并一再嘱咐医生一定要治好她的病，所有的医药费由她支付。

赵芬一颗负罪的心慢慢释怀开来，她决定要为那女人负责到底！

三

来店里买花的人还是很多，摆在店门口的玫瑰花还是每天习惯性地少一枝。赵芬每次从店里看到那小男孩担惊受怕地用小手抽走一枝玫瑰花时，心里就会射进一缕阳光，脸上就会多一丝微笑。但令她不解的是——他昏迷的母亲根本就不能睁开眼睛，他怎么每天都要送她一枝玫瑰花呢？啊，这是小男孩的孝心，实在太难得了！赵芬倒为他的偷窃行为而深受感动。

这天，赵芬正在店里摆设鲜花，邮递员递给她一封信和一张汇款单。她带着疑问拆开信封，信纸上的字写得很认真，却很稚嫩：

阿姨，我向您深深地道歉！母亲出车祸住院时，我每天都偷走一枝您店门口的玫瑰花。因为我母亲的病很严重，医生说可能很长时间不能醒过来，除非有奇迹发生。母亲生下我后父亲就离开了我们，我俩相依为命，虽然家里穷，但她却把我疼在心里。我发誓一定要让奇迹在母亲身上出现！

我问了很多人，他们都说没办法。那天，我无意间从书上看到一篇小文，说花开时会有声音，这声音是生命的律动，是心灵的绽放，它会给病人带来生存的希望……这办法也许能唤醒母亲，但我没钱买花，那天去医院时经过您的花店，便壮着胆子偷了您的一枝玫瑰花，有了第一次，便有第二次、第三次……我每插一枝玫瑰花，便轻轻地问几遍母亲："妈，你听见花开的声音了吗？那是儿子对你的呼唤啊！"我插到第40枝玫瑰花时，看到母亲的嘴角动了一下；插到第50枝时，母亲的眼角流出了一滴泪；插到第60枝时，母亲的眼皮跳动了；一直等到插完第99枝，母亲的眼终于睁开了！我高兴得流出了眼泪，医生对母亲说好人自有好报，你的亲戚为你付了所有医药费（我和母亲至今还不知道是哪个亲戚暗中帮了我们），最可喜的是你的儿子使你有了奇迹。我说是玫瑰花使我母亲出现了奇迹！

母亲清醒后，问我哪来的钱买玫瑰花，我如实告诉了她。母亲哭了，哭得很伤心，叫我一定要向您道歉，还把从紧巴巴的营养费里省出的钱拿给我，让我把那99枝玫瑰花的钱补给您。阿姨，顺便告诉您，开车撞了我和母亲的司机心可黑呢，出事后马上逃了，和那司机相比，您真的是一位大恩人，因为您的玫瑰花救了我的母亲！我和母亲一辈子都感谢您，但请您原谅一个被迫无奈偷花的孩子，我向您跪下了！

当赵芬看完信时，泪水断了线一样滴下来，打湿了透着玫瑰花香的信笺……

牛群走过大马路

　　刚当交警的杨景很诗意地想，一条路和一条河本质上是没有区别的，路是流动的河，河是躁动的路，都在承载着前行的喧闹。

　　少年杨景能把口哨当口琴吹。大伙吆喝出十来头牛，杨景的口哨声轻柔如风，牛们欢快地排队列阵，一曲心灵牧歌被一位少年指挥家领唱成了乡野传说。

　　大河横在村口，牛们撒腿跳下水，眨眼间乱了阵脚，杨景吹出短促、尖锐的哨声，牛们规矩多了，还有几头却在嬉闹，想游离队伍，一阵狭长嘹亮的哨声硬是把它们拽回了头。几头牛犊又撒野了，时而在队伍前头戏耍，哞哞叫唤，时而又绕到后头要做压阵将军，用劲拱几头大牛。眼看秩序大乱，哨声鸽子一样凌空飞起，牛犊收敛住了，知错地躲进牛群里，队伍复归平静。牛们驮着杨景一伙人哗哗过了河。

　　真正使杨景坐上牛魔王和孩子王两把交椅的是下面几件事。

　　大伙都知道迅子家公牛和大川家母牛正处对象，小文家公牛却想横刀夺爱。一次过河当着迅子家公牛的面调戏母牛，迅子家公牛火冒三丈，挺着牛角狠命剜。情敌也不是省油的灯，牛头舞动，牛角横飞，斗得血花四溅。眼看要出牛命了，杨景憋着劲吹响口哨，先是一短声，两长音，再是两轻缓，三高亢……奇迹出现了，母牛游到它们中间，哞哞低语，如泣如诉，小文家公牛竟乖乖退出了博弈，两牛化干戈为玉帛。事后迅子悄悄塞给杨景一颗麦芽糖。

　　两牛有了爱情结晶，产下双胞胎牛犊。一日过河孪生兄弟贪玩误入深水区，在漩涡里哞哞挣扎。杨景一阵哨声飞起，游在前方老远的迅子家公牛猛回头，扎个猛子劈波斩浪，两牛犊终于得救！

小文家公牛终因相思成疾，疯了，常伤人，将其锁于栅里。忽一日破栏冲出，直奔大河而来，当时杨景正在指挥牛们渡河，大伙全傻眼了。杨景脱下红上衣，边舞动边吹哨，狭长短促，缓重徐疾，旋律幽婉，拖云带雨，大川家母牛长哞一声，疯牛散淡的瞳孔便定了神，杨景把红上衣扔它头上，恰好蒙了眼，旋握住牛绳，疯牛屁颠屁颠跟着杨景回了家。

这30年前的放牛史，杨景最引以为豪的就是凭着一支口哨春风化雨，降伏群牛，省去了用牛鞭的残忍，铭刻了一段人文式的温情。

中年杨景站在大马路的交通执勤台上。眼前车水马龙，流动成一条波涛滚滚的大河，杨景一下子就年轻了，俨然又是少年时的牛魔王和孩子王。他负责的那个十字路口红绿灯坏了，手势、口哨、大盖帽便成了红绿灯。手举头顶，口哨刺破蓝天，红灯亮，车们戛然而止。手掌向前，哨声兴奋一响，绿灯亮，车流奔涌前行。手臂左平伸，手掌向上翘起，口哨响起警示音，车辆左转弯。减速慢行、靠边停车、车辆避让……每一个手势都伴着一声口哨，车们像驯服的牛群，乖乖听他指挥。

但后来的几件事，杨景彻底推翻了"车像驯服的牛"一说。

一次，杨景手举头顶，口哨大响，车们一阵急刹，一车却冲过斑马线，杨景用手势和哨声勒停，但那车却无视他的存在。"轰隆"一声，撞车了，幸好一男一女轻伤。女的脸色铁青，吭哧吭哧地揉着短裙下莲藕似的玉腿，一身惊艳和性感流泻而出，她想拦的士开溜，被杨景叫住了。在接受调查时，她扬起头说，我叫他冲的，去看《让子弹飞》，迟了就赶不上了！杨景心里呸了声，这女人！

又一次，哨声刚停，车流鱼贯前行，一车突然急转弯，与迎面驰来一车撞个正着，一男重伤，一女轻伤。女的要死要活，破口大骂，口水溅了对方一脸。杨景看清了，又是上次那女人，男的却换了一个。杨景说，怎么又是你，不要命啊？那女的毫不掩饰，突然发现穿错了他老婆的鞋，嘻嘻。杨景缓过神来，女人啊女人！

日子波澜又起。忽一车鬼魅一样失了魂，须臾左车道，须臾右车道，旋又占线前行。酒驾，严重酒驾！哨声破云飞出，那车却如脱缰野马，重重地撞上大货车，货车躲闪不及侧翻了，压住了酒驾车。杨景打开车门，酒味能熏死张飞，又是那女的，脑袋开了花，魂已上了天国。正在惋惜之时，货车上挤下一群牛，杨景一时惊愕，原来这群牛是被拉去牛场的。

牛群没见过这场面，沿着大马路撒蹄狂奔，车们纷纷躲闪。杨景赶紧甩手势吹口哨，长短轻重，抑扬顿挫，动之以情，杏雨梨云，牛群居然收住了脚步，在哨声中排队列阵，井然有序地走过十字路口。一场交通危机转瞬化解，一大街人为杨景的绝妙指挥响起喝彩声！

杨景却揩了把汗，一条路比一条河复杂多了，牛听人话，人却很牛！

心里有条鱼

诱惑是电磁波，而欲望是带你走进人生乐境的调频广播。康林一直这样痴想，当他用借来的十万元投进股市，却亏得一败涂地，女朋友也愤然离他而去时，他才发觉膨胀的欲望原来是一个梦魇。康林一夜之间财败情殇，绝望地从楼顶跳下去……

幸好，他只摔坏了双腿，但他万念俱灰，极力抵抗治疗。这天，他坐着轮椅偷偷溜出病房。来到医院门口，康林就像一尊被雨淋坏的泥雕，双目无神，满脸呆滞。忽然，一阵摇卦的响声传来，仿若在康林死寂的心湖里投进一条细虾，他耷拉着的眼皮眨了几下，便吃力地扳动轮子，移向附近卜卦的摊档。

摆卦的是一位老者，他正戴着老花镜细观卦相，对摇卦人一五一十地讲解。康林似懂非懂地听着，忽然"噗"的一声，目光被摆在桌面上的金鱼缸吸引了过去。缸里游着三条金鱼，各披红、黄、褐色衣袍，摇首摆尾，唼水吐泡，一副悠然自得的样子。看着看着，康林真想站起身，便情不自禁地伸了一下腿，一阵钻心的疼痛霎地传遍全身。此情此景，他更加歆羡起这些水中精灵来。

"方圆乾坤知天命，祸福有端卜果因。小伙子，要占一卦么？"老者的问话把康林的目光转移到他笑容可掬的脸上。

康林没有说话，伸手去拿桌上装着铜钱的木盒，却被老者用手按住。他问明姓名，然后拿起木盒放到金鱼缸旁，轻轻碰了一下缸壁，当——好悦耳的声音。金鱼"噗"地又吐出一个气泡，你追我逐地游动，突然列队停下来定神看着木盒，嘴一翕一张。这时，老者双目微闭，口中念念有词，仿佛在对金鱼传递着神秘的信息。

老者把木盒递给康林。

　　他就像捧着一个上帝赐予的圣物，慢慢地闭上眼，脑际却一会儿浮现变化莫测的K线图，一会儿闪现冷漠无情的女朋友，一会儿又出现惨烈跳楼的一幕……是忏悔，还是祈祷？康林脑子一片混乱，他紧抓住木盒猛摇起来，猝地往桌面上一摆，三个铜钱转动几下便静止了。老者细看卦相后，沉吟道："此卦为异卦，上艮下震。冰霜雪冻已过，春暖万物滋育，只要遵循正道，他日定能财禄丰盈。"旋口占一诗："天地相乘数一原，忽逢甲子又兴元。年华廿八乾坤改，开尽残花遇好天。"

　　康林今年恰好是28岁，他诧异不已。那首诗投射出的阳光慢慢驱散心里的阴霾，他看到金鱼在对自己微笑。

　　康林回去后密切配合医生治疗，终于能重新站立行走了。

　　他与朋友合办了一家电脑公司，仅几年时间，就赚了一笔大钱，应验了几年前老者的断言。是他为自己重燃希望之火，康林从心底里感激他。在康林想来，老者是神灵，那些金鱼也是神灵，它们会为老者断卦暗助神力。

　　后来，他如愿娶了漂亮的妻子——生意越做越大——再后来，他瞒天过海包养了二奶——终被妻子发觉，家里烽烟四起。

　　这天，身心俱累的康林静静地坐在客厅里，心里一片空寂，就像当年腿摔坏时心如止水……妻子、情人，情人、妻子，哎，欲望真的是不可捉摸，弄不好，它比跳楼还凶！"感情问题"困扰得他彻夜难眠，在这家庭危机的当口，他油然想起了那位神通的老者和那些灵异的金鱼。于是，康林开车去了那间医院门口。

　　摊档还在，老者还在，那缸金鱼还在。只是，他比当年老了。他照旧用木盒轻击了一下金鱼缸，待金鱼"噗"地吐出一个气泡时，便念念有词，把木盒递给康林。一阵摇卦的声响后，老者吟诗一首："卦在中宫月影移，情长情短总迷离。送君一个传家宝，闲看云霞静看鱼。"康林叹服之至，他正考虑是否与妻子离婚，不料被他一语中的。于是，他对老者跷起了大拇指，连说你是神卦。老者却意味深长地说："我压根儿就不信卦，卦是虚无的。这个社会诱惑大，很多到这医院看病的人都有精神和心理毛病，而他们大多很信卦。至于你说我断卦如神，那纯属碰巧而已……"

康林简直不相信自己的耳朵，若卦是虚无的，那么这些金鱼呢？一定是奇特的灵物！他便想用 10000 元买下它们，老者不肯，说："它们陪伴我多年，感情深如夫妻，再高价钱也不卖！"康林只得把疑问说出，他哈哈大笑："这只不过是普通的金鱼，市井喧嚣，红尘烦恼，养鱼是为了我心游动，消除杂念罢了！"

康林打消了离婚的念头，与情人断绝了关系，在家里养起三尾金鱼，闲时静静地看鱼游移……

 # 瘤刺开花

　　有这样一棵树，树干长满瘤刺，树冠却簇拥红云。它不偏不倚长在嘉颖和憨妞家门前，憨妞住底楼，嘉颖住三楼。憨妞打开窗，看见的是狼牙棒似的瘤刺。嘉颖打开窗，看见的却是绿叶和红花。

　　大伙就说，这树，是俩人的前世。憨妞前世是瘤刺，嘉颖前世是花蕊。

　　憨妞长得丑，嘉颖出落如天仙。俩人却偏偏住同一栋楼，读同一个班。嘉颖成绩好，当了班长。憨妞排名倒数，蜷缩在教室角落。她就埋怨，太阳是个阴阳眼，把阳光全投向嘉颖，却将黑暗给了自己。

　　放学一回到家，憨妞便用虔诚的眼神仰望树冠，盼星星盼月亮一样盼花朵掉下来。眼珠子发了绿，好几天才会有那么一两朵啪地掉落。便找来长竹竿，一捅，花蕊啪啪落地。

　　正在窗前欣赏这烂漫红云的嘉颖看到了罪恶的竹竿，转身拿来喷壶，哗哗哗，一场雨从天而降，竹竿便缩了回去。

　　憨妞把硕大的花钉在树干的瘤刺上，仿佛是瘤刺新"长"出的花蕊，开出了一个别样的春天。憨妞虔敬地眯闭双眼，双手合十。

　　她在书上看到，花朵是树的精灵，最了解人的心思，对着花朵祈祷，就能圆心里的凤愿。憨妞每天放学后，信士一样站在瘤刺"长"出的花前，把愿许给父亲老孟。

　　老孟脚有残疾，一到雨天便隐隐作痛。四处求医问药，也没法治好这老病根。

　　憨妞说，爹，这些花会帮你治好腿病的！

　　老孟就笑，憨妞，拿一朵花过来。把花别在她头发上，瞄着说，像

一个傻妞！

几日后，瘤刺上的花慢慢干了。憨妞一朵朵摘下来，又取了竹竿去捅头顶的花蕊。一阵"急雨"又从天而降，憨妞就恼了，大嚷——楼上的，再洒水我就把你捅下来！

当瘤刺"长"出新一轮花蕊时，老孟递给憨妞一瓶水，说，用花熬的，清热祛湿，解春困。憨妞常带到学校喝，春困就不会缠上她。

这都是十多年前的旧事了，说说现在的事儿吧。嘉颖大学毕业后当了一名城管，而憨妞，高中没毕业就做了"走鬼"。

憨妞实在想不通，上学时嘉颖当班长管我，工作后却又当城管来管我。这太阳，还真是个偏心眼，把嘉颖当月亮捧着，却把我当流星丢落街头。

憨妞成天推着柜子车在街上游走，远远看到城管来了便疯跑，俨然一只在猫眼下流窜的老鼠。

清晨，憨妞推出柜子车，车上摆着一个个热水瓶。瓶里装的全是她的营生，憨妞像呵护自己的孩子一样，轻轻地摆，轻轻地提，轻轻地从瓶里倒出黄褐色的茶。

这茶，是老孟亲手熬制的秘方茶。很受市民青睐，都说胜过王老吉、徐其修，而且经济实惠，是天然的保健品。

一天傍午，经过一工厂时，轰地一下就围上来大群人，举着票子要买她的木棉花茶。原来这三月节气，春困像个瞌睡虫缠上了打工仔打工妹，这样在流水线上作业可是有危险的。有人喝过她的茶，一整天都精神抖擞。于是他们里三层外三层地抢购。

如是几天，她都被包围在人墙里，赚得腰包鼓鼓的。忽然，她看见了几个大盖帽，忙说，城管来了！推了车就冲出人墙，还是被风一般撵来的城管逮住了。

嘉颖说，憨妞，我知道你不容易，但这不是长久之计啊！

憨妞脸一别，我不偷不抢，凭啥管我？

嘉颖就跟她法律长法律短地讲，她听不进去，说，你跟你的法律混饭，我跟我的花茶过日子。推着柜子车头也不回地走了。

某天，憨妞刚把车推回自家楼下，有人就盯上了她腰间圆鼓囊囊的钱袋。用力一扯，憨妞摔倒了。老孟瘸着腿赶出来，却也被几个人打翻在地。

忽然一声断喝，住手！嘉颖的出现震住了他们。待他们发现是个女的，便眼露凶光，步步逼近。嘉颖操了倚在树上的长竹竿就横扫过去，几人个个击倒。歹徒们狗急跳墙，一个反扑把嘉颖猛磕到树干的瘤刺上，头部和身上受了重伤。鲜血染红了树干，如一朵新绽的木棉花。

嘉颖被送往医院，好几天都没醒来。憨妞就哭了，每天三次用木棉花茶为她擦脸，哽咽着说，嘉颖，你犯了春困，我爹熬的花茶，解春困……

半个月后，嘉颖终于醒了。她说，我做了个梦，梦见憨妞用竹竿在捅木棉花，而我用喷壶往下洒水，憨妞大嚷——楼上的，再洒水我就把你捅下来！我一惊就醒了。

憨妞，憨妞呢？嘉颖这才发现病房里只有老孟在。老孟扶了她站到窗前——

医院门口的一长溜木棉树下，憨妞举了根长竹竿，捅下一朵朵火红的花蕊，钉在树干的瘤刺上。十几棵树干的瘤刺，都"长"出红彤彤的木棉花。憨妞跪在花前双手合十。

嘉颖愣了，说，憨妞在干吗？老孟说，她在为英雄花祈祷！

# 看见树的微笑

车流梭子鱼一样飞速，城市的鱼喝汽油长大，游姿一点都不优美。倒是行人道上出现了两个影姿——女人牵着跳雀步的女儿走来，小书包一晃一晃，要把车的噪音和漂浮的灰尘全装进去。

忽然，小女孩说，妈咪，树上长出了手机号！女人凝住了，一长溜的凤凰树上都贴着粘贴式小纸片：办证刻章，手机号码：135×××× 7654。女人的心刺疼了一下，城市膏药又贴上了树。那些人将牛皮癣革命推向了极致。以前大伙都往墙上贴，花柳的、梅毒的、牙医的、人流的、狐臭的、点痣的……多少1.0视力的眼睛被污染成了近视，墙上的大花脸就变成西门庆的脸，只让人记住"梅毒花柳"四字。大合唱不如独唱，牛皮癣不再留恋白墙，便爬上了树、爬上了电杆、爬上了防护栏，甚至爬上了停泊的汽车。

妈咪，这树生病了吗？

没呀，是人生病了！

树没生病怎么会贴着膏药呢？人生病应该贴人身上呀！

……

女人一时语噎。

海螺号一样的风吹过，树叶呜呜响。小女孩嘤嘤啜泣，妈咪，我听到树在哭，呜呜呜，呜呜呜……

女人抱起女儿，揩干泪，晴晴，我们一起撕树上的膏药，好吗？晴晴一听，脸上就开了花。

一棵树一棵树地撕。晴晴问，妈咪，这四个是什么字？女人就告诉她：办证刻章！

女人的心搐动了一下，幸好这些不是肮脏的字眼。那次，穿着城管

制服的女人巡查到一条主干道，就看到一只四顾彷徨的手在树上贴"膏药"。市里正迎接全国文明城市指数复评，她负责这个片区的市容整治。她一个箭步蹿前去，铁圈一样箍住了那手。

放开！凭啥抓俺？

乱张贴，毁坏市容形象！

不就一张纸吗？又不是一坨屎！

少贫嘴，快把小广告撕下来！

城管大姐，你就放了俺吧。你家男人来俺那治疗，全免费！东莞男人很容易得这病的！

名叫许娟的城管一看，纸上写着"包治梅毒花柳"，脸"刷"的红了。那人哼哧哼哧地喘粗气，许娟这才看清，她挺着个大肚子，两只手紧紧捂着，嘴角一颗黑痣动了动：城管大姐，俺八个月了，你行行好，放俺上厕所！

许娟只得放她进去。好一阵还不见出来，走进公共厕所，连影儿都没见着，准是从后门溜走了。一股刺鼻的异味倒腾着胃，"哗啦"一声，许娟呕得一塌糊涂。

人跑了，"膏药"还得清理。伸手去撕，只撕下一小块，厚厚的糨糊已凝固在树上。拿来喷壶和铲刀，水一喷，纸化了，糨糊却像劣质面膜一样黏着。喊喊喊，喷壶上！还不行，铲刀上！轻轻用力，许娟还是看到树抖了一下，黄叶打着旋儿落在头上。许娟就知道，树也会疼的。

奇怪的是，一连几天，许娟都呕吐不止。到医院一检查，原来有了两个月身孕。

有了身孕的许娟还坚持上街执法。几个月后，她巡查到另一条主干道，远远看见一只手往树上贴小广告。她绕过去，天降神兵一样断喝，逮住了那手。又是一女的：城管大姐，别用劲，小心伤了胎气！

许娟忙用另一只手护住肚子，生怕她飞来一腿。盯住她，看到嘴角那颗山稔子似的黑痣，许娟就想起来了，说，又是你，上次让你跑了，这次老实点！

那女的就求饶，大姐，俺孩子还没满月，没钱买奶粉，看在同是做母亲的分上，放俺一马吧！

许娟说，我也不为难你，把小广告撕了！

那女的哭丧个脸，大姐，要不你家谁点痣，俺全给免费！

许娟一看，小广告上写着"包治狐臭，轻松点痣"。哼，自己的痣都点不了，还为别人轻松点痣，这不闹国际玩笑吗？

那女的猛扭转头去，嚷道，有人抢小孩！

许娟猝然回头，那女的用力一挣，狐狸似的溜走了。

喷壶和铲刀又上了阵。许娟不小心刮下一块树皮，肌肉就裸露出来，树叶沙沙作响。准是刮疼了，许娟忙说，对不起，忍着点！同事常说许娟心太软，那些人前世是跳蚤，你不狠一点，就会反口喝你的血。

想起这些，心里就憋屈。好几年后，经历了"膏药事件"的女儿晴晴却使这窝心事有了个欧·亨利式的结局。

晴晴幼儿园举行家长开放日，尾声时，老师要求家长明天让孩子将预防接种证带来，要注射乙脑疫苗。许娟一拍脑袋，说，糟了，这证弄丢了，咋办呢？

晴晴扬起脸说，妈咪，把你的手机借给我。

小淘气按了个号码：135＊＊＊＊7654。阿姨，您可不可以帮我办一张证件呢？

许娟听到教室角落里一个女声说，你要办什么证？

……

循着声音走去，许娟顿时懵了，又是那女的，嘴角一颗山稔子黑痣！

那女的也看见了她，红着脸说，城管大姐，没想到俺们的孩子是同学啊。

许娟说，我们都是母亲，请不要欺骗孩子的未来！

那女的心里刮过一阵风暴。就是晴晴这只蝴蝶轻轻扇动了一下翅膀，便引起了那个女人心里一场风景。

她忏悔地对许娟说，大姐，俺再也不干这行当了。叫你女儿千万别告诉俺儿子，遭天谴啊！

天际果真就轰隆隆响起了旱雷。许娟牵着晴晴回家时，一长溜的凤凰树开了花，红彤彤的，有花瓣如凤凰翩翩飘落。晴晴说，妈咪，我听到了树的欢笑！

墨烟张

一日傍黑，张家院里"哇"的一声哭，土坯墙震落一层沙尘。婴儿落地，没听过恁大声的，且脸如包公，黑不溜秋。张父说，俺张家世代制墨，如今老天馈赠一墨宝，就叫他张秉墨吧！

这张秉墨，天生一个玩家。六岁便能玩墨，采烟、熬胶、和墨、上模、晾晒、裱金，一整套工序下来有模有款。九岁便玩书成瘾，熟读四书五经、诸子百家，还练得一手好书画，吟咏唐诗宋词亦有腔有调。张秉墨的天空悬着一颗文曲星。

但到了十八岁，天空却变了天。参加了地下组织的张父因叛徒出卖，死于鬼子刺刀之下。张秉墨强忍一腔怒火，接过搅墨棒，墨缸里转起圈圈旋涡，搅动一百零八圈后，蒸煮成团，蓄着劲举锤敲打一百零八遍。张秉墨发誓要做条好汉，把小日本的肉剁成酱，锤打成一根根愤怒的墨条。

张家院子每天清晨依旧飞出一群白鸽，鸽群沿鹤庄盘旋一圈后，总是有一只鸽子带着张秉墨的牵挂飞离队伍。薄暮时分，那鸽子才从天空凯旋而归。张秉墨宝贝一样捧在手心，喂了食，轻轻放进笼子。

前线还是失守了，小日本洪水猛兽一样冲进庄里，打砸抢烧，把个鹤庄鼓捣成了墨缸，每个人心里都墨黑墨黑的。小日本把鹤庄小学占为指挥部，临晚集合村民训话，太军佐藤野夫说鹤庄藏有共产党，自己站出来，可免全庄人死，否则通通都得死！

村民个个岿然不动，佐藤无计可施。忽然头顶掠过一群白鸽，仰起头，鸽子送他一个见面礼。佐藤往脸上一抹，一撮腥臭的鸽屎。叭嘎，杀了它们！一阵乱枪响起，连鸽毛也不见掉下来。佐藤恼怒道，不供出来，你们，通通的当鸽子宰！

翌日，鸽群刚回笼，张家院门被踢开，几个小日本端着枪叽里呱啦闯进来。正在锤墨的张秉墨猛一惊。贼头贼脑的小日本乱搜一气，从笼里捉出几只白鸽。翻译给张秉墨下了命令，以后每隔三天送两只鸽子孝敬太军！

鬼子走后，张秉墨赶紧去看鸽子，幸好那只白鸽还在，这才松了口气。入夜，他扬手放飞了那鸽。

就在这两天，有四个村民被怀疑是共产党分子捉进了指挥部。一向抬头做事的张秉墨把头压得老低，搅墨一百零八圈，锤墨一百零八遍。他要把张家本领亮出来，制成胳膊粗的圆条墨，当作礼物送给佐藤野夫。

转眼三天已到，张秉墨这次送给佐藤的是两只鸽子。进了门，只见佐藤呕吐不止，气喘吁吁。张秉墨细看，知他犯了夹阴伤寒，前几天吃了鸽肉大补精气，媾和时不慎便犯下此症。张秉墨说，太军，我有法子能治好你的病！佐藤如遇救星，却见他一脸乌黑，心生疑窦，但病痛难耐，只得恭听。张秉墨道，鸽屎为药引，槐角、扎参、细辛炖服。佐藤还记着上次鸽屎之恨，这次竟敢叫他吃这腥臭物，以为张秉墨捉弄他。翻译说，太军，张师傅可神了，您就信他一回吧！

佐藤服了鸽屎和中药，翌日果然恢复如常，那阳物又勃了起来。三天后张秉墨送来鸽子时，他竖起大拇指，你，大大的神！张秉墨说，太军，下次俺送几根大圆墨给你，俺张家墨条，不仅是书画的上等墨料，还能止血、治皮肤疮毒和腮腺炎。佐藤听了大喜，临别，差翻译送张秉墨，张秉墨悄悄塞给他一张纸条。

这晚深夜，张秉墨正要入梦，院门吱呀推开，一黑影潜了进来。是翻译窃取了日军的重要情报，将于后天晚上攻打驻扎在一深山处的我军阵营。

张秉墨马上放飞那只白鸽。鸽子飞回时，也带回了我军指令——后天里应外合端掉日军指挥部。

这天傍晚，他又一次放飞了白鸽。转身去给佐藤送鸽子，这次多了几根胳膊粗的圆条墨，是他答应送给佐藤的礼物。

踏进门时，地上躺着一只流血的白鸽。佐藤凶相毕露：它，从你家飞出，你的下场……还没等他说完，门外已拥来一群鬼子。张秉墨放飞手里的白鸽，掏出圆条墨，把盖子一掀，轰！轰！轰！佐藤野夫与鬼子不明不白地见鬼去了。

这次战斗因情报可靠，敌军进入我军埋伏圈，成为瓮中之鳖。我军则暗度陈仓，另派一支部队攻打鹤庄的敌军指挥部，把剩下半个营的鬼子一举歼灭。

在张秉墨的葬礼上，鹤庄乡亲全都披麻戴孝。忽然一群白鸽悲鸣着从张家院子飞出，在鹤庄上空整整盘旋了一百零八圈。仪仗队前，翻译跟一战士手抬石碑大的方条墨，上书三个镏金大字：墨烟张！

张秉墨炸死鬼子，是把手榴弹嵌在了圆条墨里啊！

通书罗

一手提了雅致的壶耳，只一倾，如闻碧泉落潭的清响。正待举杯，门帘晃了一下，一影子转瞬消失。

莫不是福临家孩子，进来进来！门帘才又犹豫地抖动，孩子披着阳光怯怯地探步而入，踮脚把一瓶米酒摆放到壶边。

小小年纪就学会讨好人了，你爹差你啥事？

爹要挖口井，请你择个方向！

罗经传不紧不慢地喝了酒，取了通书和罗盘，唱了个偈：跳出三界外，不在五行中，世人囚于口，与君解樊笼。

换了别人，若不是主人亲自来，他是不会掉份子的。福临家不同，一为两人是多年同窗，感情在那呢；二是福临腿落下残疾，行走不便。他就在家开了个坊子，用大米黄豆蒸酒磨豆腐，日子虽不丰腴，却也不惊不乍。

福临早在厅里恭候着，桌上已摆着一碗炸豆腐，一盘炒腊肉，一碟花生米。福临说，前几日请人在屋前挖井，挖了一米，就碰到牛肝土，再没法挖了。还得请老同学给选个吉利方位，能挖出水来就行，俺蒸酒磨豆腐就再不用到村头老井担水了。

正要倒酒，被罗经传按住了，掏出他那酒壶。这是他多年的习惯，不管到哪，都用自己的壶斟酒。

不紧不慢地喝，天南地北地侃。偶尔手转罗盘，翻几页通书，待喝得差不多了，他也就下了断语：你的老宅盘线为丙午兼向，宜从右后方辛方掘井，水渠从庚方回流，水的排放应曲屈暗流，回环而去，方能聚财……

行走的房子

罗经传起身待走，福临塞给他红包，硬被推了回去。

数天后，福临家孩子又晃动了门帘，往桌上放了瓶米酒，怯生生地说，伯，俺家的井挖成了，爹用井水蒸了酒，叫俺送你尝个鲜。

罗经传摸着他的头，富宽，大了想干啥？

许久，富宽咬着嘴唇说，开酒厂，每天送你酒喝！

罗经传笑成了弥勒佛，你将来是个阴阳命。

你还别说，罗经传祖上罗衍庆真是一尊"活佛"，有掌故为证——清雍正五年，精通历法的罗衍庆接旨进京，雍正皇帝亲自考他。罗神机妙算，连过四关，满堂文武无不击节。雍正皇帝说出第五关后，大家都替他捏了把汗：算出当年秋分时，紫金山天文台院中的梧桐树叶会掉多少片。罗衍庆如履薄冰，细细推算：掉半片叶！秋分那日，雍正皇帝与钦天鉴官员亲临察看，只见那棵梧桐树上有一片树叶下垂，却没有完全掉落。雍正皇帝连说奇才，于雍正七年恩准《罗家通书》颁行社会。

当时的《罗家通书》，主要用于推算节气、指导农耕，成为农民兄弟的宝典。罗家子孙继承衣钵，弘扬历法，罗经传深得其中精髓。

又一日，上了小学的富宽急急掀开罗经传家门帘，搁一瓶米酒到桌上。伯，俺家母牛走丢了，跟俺娘找了两天也没个影，爹说请你算算！

罗经传不紧不慢斟了酒，浅酌一口，眯眼一掐算，说，明天上午准回！

翌日十点，门前一声长哞，母牛果然回来了，是一亲戚牵回的。原来，去年母牛生下一牛犊，卖给了邻村一开煤矿的亲戚。做母亲的思念孩子，曲里拐弯找了去，团聚了两天，亲戚趁着要给村人送煤，就顺路把它送了回来。

大伙都说罗经传如此神，准与他的酒壶有关。你看那壶八卦身、飞龙耳、丹凤嘴，必定大有玄机！

读完高中，富宽终究没考上大学，一脸乌黑地回了家。书山无路，他就上了煤山，到亲戚家煤矿挖煤。他看准这行当来钱，就贷了款要跟人合股开矿。

单请专家勘探就得一大笔款，他想起自家挖井请罗经传堪舆的事，便提了一瓶好酒去请。

179

掀开门帘，富宽还没开口，一个声音悠悠道，阴间挣钱阳间花，十个脑袋九搬家。洞里一夜成富贵，醒来都是梦中花。再好的酒俺也不喝，提回去给你爹享用吧！

富宽一怔，恹恹回了家。再来时，是扶着爹来的。福临拖一条残腿就要下跪，罗经传忙扶住，长叹一口气，便揣上通书罗盘上了山。

钞票像煤炭一样从洞里滚滚而出，富宽真的一夜暴富。但他也常把心夹腋窝下，山上大大小小十几家煤矿，时不时会闹出个事故。罗经传曾忠告他，这矿最多开两年，否则有牢狱之灾。

两年很快就过了，煤矿依然日进万金，富宽早把罗经传的话抛脑后。这天，意想不到的透水事故发生了，富宽如五雷轰顶，井下矿工能否生还？这关系到他命运的定数。他想起以前自家母牛走丢请罗经传掐算的事，就提了茅台和一万元火急火燎去找。

呼啦掀开门帘，桌上摆着那壶，旁有一纸：人命三十自关大，老夫无计奈何仙。世人总为钱财困，梵音香火笑慈颜。此壶乃祖传宝物，赠与你爹，莫问老夫去处，善哉！

富宽脚一软，扑通跪了下去……

日子浮在半空

打开家门时，就觉得气场不对。

悠然一点也不悠然，直愣愣地瞪着电视，屏幕却绷着个包公脸。我说，为什么不开电视？

悠然女鬼一样幽幽地说，省下两块钱买泡面，我今天开始光荣加入无产阶级了。

我无限悲凄，刚买了新房子，悠然就失业了。这金融风暴，摆弄风筝似的把好端端的一个家卷到了寒风料峭的半空上。

这晚开始，泡面像章鱼爬上了我们的餐桌，这是我在呼哧呼哧地吃泡面时的直观想象——瞧，我多乐观，把泡面当海鲜吃！

这晚，我们都没睡好。我是在半夜饿醒的，悠然压根就没合眼，女鬼一样望着我幽幽地说，就忍忍吧，吃泡面的日子还长着呢。

我想起《蜗居》里海萍和苏淳为了买房，吃方便面反胃了还咬着牙根吃。便很男人地说，人家忍得，我怎忍不得？

心却在火山爆发似的怀念我最爱吃的客家烧鸡和焖鸭子。

我的肠胃就翻江倒海地上演了一场关于现实的魔鬼和想象的天使之间的激烈抗争，直至全身被击打得困乏至极，才恹恹睡去……

早上我照常起来上班，悠然也照常起来，痴痴地目送我走出门去，说了一句废话——上班啊？

我不咸不淡地回应，啊！

然后头也不回地拉上门，把她一个人撂在家里。

事后我为自己的这个举动忏悔不已，但当时可能是因为饿了一整晚，魂魄还没有挣脱出客家烧鸡和焖鸭子袅袅香味的缠绵。

办公室，我一头埋进文案的包围圈里，正忙得一塌糊涂时，QQ发出两声蛐蛐叫。

我爱理不理，却发现是个美女图像，眼睛为之一亮。

打开，是一个PS过的图片。

挎着包的赵本山手推一个大车轮，旁边一首顺口溜也很搞笑：金融风暴惨烈，大爷今天失业，推个车轮逛街，当年俺开保时捷！

哪个缺德鬼，都金融风暴了，还发扬本山本色为保时捷做广告。我在心里恨恨地骂道。

然后一连串的连珠炮让我神经系统紊乱：

老公，好无聊啊，贵夫人快要疯了！

这新房哪里出问题了，我发现自己坐在牢房里！

方便面很香，香得我都昏迷成香香公主了！

天啊、地啊……

这是悠然失业综合征的显著表现，就是不断给我发一些整蛊、搞笑、怪诞，总之是无聊透顶的图片。

我问她哪来那么多新图，她说加入了一个Q群，一个群就是一个江湖。在江湖上，有武功才有地位。在群里，有图片才有地位。

于是，她在百度、谷歌上拼命搜索图片，生怕自己哪一天再次成为被驱逐的对象。

悠然总算找到了稳定自己的一种方式，尽管它是虚幻的，但总可以把悬浮在半空中的心拉下来一截。

日子却是来不得半点虚幻，图片总不能当饭吃。

方便面把我们弄得脾胃虚弱，隔三差五就会呕吐、腹泻，以致我和悠然的荷尔蒙进入冬眠期，我成了焖鸭子，悠然成了烧鸡，一个多月竟连一次爱都没有做过。

悠然一直找不到正经事干，我们只能勒紧裤带过着头不着天脚不挨地的日子。

这天，悠然破例给我一个笑脸，女鬼一样幽幽地说，今晚早点回来啊，给你一个惊喜！

行走的房子

我非常珍惜这个意外，但我是个工作狂，进了那个包围圈就把工作之外的事忘光了。

快下班时 QQ 响起了蛐蛐叫，没想到是美女飘然。

发来的是跟飘然一样美的日本女优图片，女优用两只手指叉到脸颊上，嘴一努，鼻一皱，眼一放电，让人浑身软酥酥的。

接着蹦出一句话：帅哥，今晚可有空，一起吃个饭？

这句在灯红酒绿的城市里再普通不过的一句话，对我来说却是天大的诱惑。

今晚、吃饭。这两个词像两束璀璨的烟花，在我阴沉沉的夜空美丽绽放。

我总算有个理由告别没有星光的夜晚和令人作呕的方便面。

这晚，将成为我人生美好的回忆。

飘然为我点了牛排、大闸蟹和三文鱼，还来了一瓶法国拉菲。

我狼吞虎咽地嚼着，肚子有了一种回家的感觉，双脚很长时间没这么有劲了。

脚踩在地上就有了瓷实之感，惊悚地发现这段飘摇不定浮在半空中的日子是多么可怕，今晚才重新回到了安全的地面。

喝完那瓶拉菲时，我的腿飘飘然起来，在飘然的高跟鞋上磨蹭着……

但我可以坦白交代，到最后我都没有做对不起悠然的事。

十点钟。打开家门时，再一次感到了一种不对的气场。

餐桌上摆着一个蛋糕，还有我最爱吃的烧鸡和焖鸭子。

这才想起今天是我的生日，我欣喜地喊着悠然，屋里却阒然无声。

我一个房间一个房间地找，也不见悠然的影子。

我赶紧打她的手机。

她女鬼一样幽幽地说，本想为你过完生日再走，但我买了十点钟的火车票。

Q 群里一个朋友为我介绍了挺不错的工作，你明天开始就不用吃泡面了。

我会在另一个城市想你的，你一个人要把日子过好啊……

183

我魂不守舍地点亮蜡烛，没有人为我唱生日快乐歌。

烛光照亮了新房，我看到自己的影子拉得长长的，在风中摇摇曳曳。

活像一只忧伤的风筝，飘出窗外，飘上夜空，在寒风中越飞越高，越飞越远……